王彦艳 马国兴 主编

风铃鸟系列美文读物

被风吹走的夏天

文心出版社
·郑州·

图书在版编目(CIP)数据

被风吹走的夏天 / 王彦艳,马国兴主编. —郑州：
文心出版社,2016.5(2016.6重印)
ISBN 978-7-5510-0826-6

Ⅰ.①被… Ⅱ.①王… ②马… Ⅲ.①小小说-小说集-中国-当代 Ⅳ.①I247.8

中国版本图书馆CIP数据核字(2016)第055226号

出版社:文心出版社
（地址:郑州市经五路66号　　邮政编码:450002）
发行单位:全国新华书店
承印单位:河北鹏润印刷有限公司
开本:700毫米×960毫米　　1/16
印张:12
字数:150千字
版次:2016年5月第1版　　印次:2016年6月第2次印刷

书号:ISBN 978-7-5510-0826-6　　定价:30.00元

目录 Contents

名琴师 / 湘人 001

男旦 / 湘人 005

戏衣 / 湘人 009

观鹿山的戏楼 / 何晓 015

头牌 / 红酒 018

风月 / 红酒 021

武生 / 红酒 025

被风吹走的夏天 / 郭凯冰 029

绝唱 / 连俊超 033

霸王别姬 / 范国平 037

凉李子 / 赵长春 041

粉芍药 / 程宪涛 045

小金钟 / 程宪涛 049

秦腔吼起来 / 张格娟 052

侯三 / 张国平 056

女武生 / 在水一方 060

小戏迷 / 在水一方 064

匪兵甲 / 周海亮 067

麻红脸／赵明宇 071

怪伶／艾晓雨 074

男旦／艾晓雨 078

听赵瞎子说书／马贵明 081

陈小脚／墨中白 085

周鸣凤／陈华艺 089

反串／红鸟 092

改戏衣／天空的天 095

挣脱／天空的天 099

王兰芳／孙蕙 103

花戏楼／周剑虹 107

老街／韦名 110

陈州影戏／孙方友 113

陈州茶园／孙方友 118

当家花旦／于小渔 122

五爷的二人转／包利民 125

花船／王往 128

断桥／王往 132

苦戏／秦德龙 136

客轿／赵淑萍 139

戏霸／刘建超 142

戏友／梅雪 146

兰君／梅雪 149

夜戏／梅雪 152

最后的辉煌／聂鑫森 155

小姑／吴卫华 159

声声慢 / 立夏 161

戏迷老章 / 林红宾 164

永远的梅香 / 杨小凡 168

名伶 / 梅寒 172

戏子 / 梅寒 175

戏子武生 / 郭震海 178

长坂坡 / 奚同发 181

酒戏 / 田玉莲 184

名 琴 师

○湘　人

　　四十岁的杨滔,在这个天刚蒙蒙亮的初夏早晨,急匆匆地走出了莲城宾馆,然后,坐进一辆草绿色的出租车。

　　他对司机说:"请去雨湖社区。"

　　司机奇怪地瞟了他一眼,不解地点了点头。

　　"我去看个'老朋友'。"

　　"您一定是个急性子,您一定是从北方来的,也许人家还没起床哩。"

　　司机按了一声喇叭,车轮子便呼呼地奔跑起来。

　　杨滔微微闭上眼睛,把头往后一仰,贴在椅背上。他实在有些疲惫,再不想多说话了。司机之所以知道他是北方人,定是因为他一口纯正的"京片子"。一点也不假,他是从北方的一座大城市赶来的,坐了十几个小时的火车,昨晚十点才来到这座江南的古城湘潭。他的"京片子"不是普通话的那种,而是京腔京韵,只是司机不会猜到他是梨园中人,眼下还是一个名叫"百花京剧团"的团长。他要来看望的这位"老朋友"叫杜声远,他并不认识他。两年前杨滔调到京剧团当团长时,杜声远早就退休,并和老伴毅然南下,"投奔"已先在湘潭成家立业的儿子。

　　杨滔忽然叹了一口气。他不明白名琴师杜声远,为什么一到六十岁就忙着办了退休手续,把这么一个重要的位置让给了徒弟尤为,一眨眼就五年了。老爷子身板还硬朗吗?手上的活还是那样精妙吗?杨滔听说杜声远退休时,跟在身边学了八年京胡的尤为刚刚有了些名气。尤为苦苦哀求师傅再带他几年,杜声远板着脸说:"孩子总是要断奶的,你得快快独立。我不走,重活难活轮不到你!你拉的曲目,可以录了音寄给我。我若觉得有改进的地方,也会再拉一遍,录了音寄给你。好吗?"

平心而论,尤为的琴艺已经很不错了,但杨滔总觉得尤为似乎还差点火候。这次新排的现代京剧《八一枪声》,再过二十天,就要去中南海为中央首长演出了,中央台戏曲频道还要现场直播,这可不是开玩笑的事。因此,他向尤为打听了杜声远的住处,却没说要干什么,就一个人悄悄地来了,目的是请杜声远出山"救场"。平日里他听尤为偶尔谈起过,说杜声远在社区组织了一个"票友会",早早晚晚为票友说戏、拉琴,痴心不改啊。

杨滔虽没和杜声远碰过面,但听过他拉琴,衬、托、垫、带,严丝合缝,把握得住分寸,快而不乱,慢而不滞,已入化境。记得看《群英会》,演到"蒋干盗书"一折,鲁肃到周瑜卧室放置假书信时,并无唱腔,只有一些做派,极易冷场。杜声远拉起《小开门》,施展绝技,过门越拉越快,与鼓板吻合,极为悦耳;尔后再由快转慢,与鲁肃的各种表情、动作配合默契,观众掌声轰然而起。这才叫名琴师呢。

司机忽然说道:"先生,雨湖社区到了。"

杨滔激灵一下睁开眼,说声"谢谢",忙付了款下车。他抬起头,看见古典的牌楼上方,嵌着一块大理石匾额,上书四个隶字:雨湖社区。

天色已经亮多了。杨滔忽然听见有清亮的京胡声从里面飘了出来,心中一喜,便连忙循着琴声进了牌楼。里面的花树,红绿相间,簇拥着一幢幢的住宅楼,环境十分清幽。他穿过园圃,绕过一幢幢的高

楼,曲径通幽,把他引到了后面的院落。这里有一个小池塘,池塘边有假山、亭子、紫藤花架和一片玉兰花树,白色的硕大花朵错杂地怒放着。在那个亭子里,散落着十几个人,京胡声正是从那儿传出来的。

杨滔快步走过去,他虽没见过杜声远,但看过他的照片,一眼准能认出来。当他走进宽大的亭子,果然见有一个两鬓斑白的老人在拉琴,拉的是《夜深沉》曲牌。杨滔打量了一下老人,便断定是杜声远无疑。那真是一把好琴,名贵紫竹做的琴杆,杆端嵌着一块翡翠老玉;黄杨木做的琴轴,黄亮如鸡油;声音既高亮又圆润松甜,既宽厚又集中充实。细听下去,分明那弓法、指法偶有滞涩之处,显露出些许"老气"。杜声远拉完了《夜深沉》,问:"谁来一段?"

"我来一段《朝霞映在阳澄湖上》,您费心啦。"说话的是一个中年汉子。

过门一完,中年汉子开口便唱。杨滔一听,便知唱得不怎么样,荒腔走板。杜声远却能熟练地让琴声"贴"上去,但显得很费力。此后,有唱《红灯记》李奶奶的,有唱《四郎探母》杨四郎的,唱得都不地道。杨滔明白了,杜声远的京胡,老是为这些人伴奏,再高的水平也会拖疲拖垮,和他的徒弟尤为比起来,已差了一大截。入京演出原想拉老爷子出阵,看来已经没有任何意义。杨滔本想和老爷子叙谈叙谈,终于忍住了,谈此行的目的?谈他的失望?那不是让老爷子伤心吗?杨滔悄悄地离开了亭子,连头也没有回。可惜他没有看见,杜声远望了望他远去的身影,意味深长地笑了一下。

在中南海演出的那个夜晚,杨滔站立在幕侧乐队的旁边。他不担心演员的表演,只担心尤为的演奏,千万别出娄子呀。

在大幕即将启开,报幕员在幕前报幕时,杨滔看见尤为从一个古雅的琴匣中,取出一把京胡,架到了膝盖上。杨滔眼睛一亮,那不是杜声远的胡琴吗?紫竹琴杆,杆端嵌翡翠老玉,黄杨木的琴轴,黄亮如鸡油……他记起从湘潭回到团里后,传达室的人说,尤为常收到从湘潭快递来的包裹。现在看来,那一定是录音磁带之类的东西。

那晚的演出非常成功。闭幕后,掌声经久不息。杨滔跑过去一把握住尤为的手,说:"真好!真好!你成功了!"

尤为的双眼噙满了泪水,他喃喃地说:"杨团长,我好像听见师傅的掌声了……"

男 旦

○湘 人

已到不惑之年的石寒秋，此生最大的憾事是与梨园失之交臂，没有当上一名正式的旦角演员，当然更谈不上成为名角与大腕了。而是在大学中文系毕业后，怅然到一所中学去教语文，一教就是十八个年头。

石寒秋是个须眉之身，独尊旦行，准确地说是男人演绎的旦行，这不是怪事吗？其实，说怪不怪，他的当中学教师的父亲就特别钟情于旦角戏，对"四大名旦""四小名旦"极为推崇，家里的唱片和磁带，几乎都是这些角儿的名剧、名段。没事时，老爷子泡上好茶，眯着眼睛痴痴地听，轻声地跟着哼，用手有滋有味地敲着板眼。

古语说，近朱者赤，近墨者黑。石寒秋自小就浸淫在这样一个氛围里，能不受影响？他记住了戏文的情节，熟悉了梅、程、荀、尚的演唱风格，而且能有板有眼地唱上几段。不知道为什么，他特别喜欢程砚秋的唱腔，那近乎凄楚的"鬼音"令他痴迷。

初中毕业了，石寒秋想去考戏校"坐科"，他爹说："读完高中再说。"

高中毕业了，石寒秋重提旧话，老爷子把个头摇得拨浪鼓似的，当然不是视唱戏为贱业，而是因为儿子的身子骨太粗壮，一张脸太宽大，哪里能见出半点女儿的风姿？"儿子，你不是这块料，就别去糟蹋老祖宗的好玩意了。"

石寒秋只能认命。

读书、参加工作、娶妻，但没有生子。二十八岁时与档案局的档案管理员丁蒲结婚，也不知播下多少种子，居然没有一颗能生根、开花、结果。

丁蒲认为这全是石寒秋的过错，迷戏不说，还迷着女戏子的做派，兰花指、女儿腰、娘娘腔，这阳刚之气就不足了，而且……心里有了别的女人，又分去了多少精神！

这小两口的日子，过得别别扭扭的。

石寒秋是省城光华京剧团当家旦角江上鸥的超级"粉丝"。

省城离石寒秋居住的城市不远，也就四十来公里。光华京剧团隔上一段日子就会到这里来演出，三场五场的，有时长达十天半月。这对于石寒秋来说，简直是盛大的节日，凡有江上鸥上场的戏，他是必看的。

他也会礼貌地问丁蒲："一起去看看？"

丁蒲一噘嘴，说："看那个女人的戏？不去！"

看戏不说，石寒秋还在卧室的墙上贴了不少江上鸥的剧照，柳眉入鬓，凤眼传神，美极了。

在剧团没来演出的日子里，石寒秋总是不厌其烦地听江上鸥的唱片、磁带，看江上鸥的录像资料，学唱江上鸥脍炙人口的那些名段。有时，还会勒头、贴片、化装，戴上珠花头饰，穿上自备的戏衣，在自家的客厅里，作古正经地过一过戏瘾。

他最喜欢学唱学演的是《玉堂春》："苏三离了洪洞县，将身来在大街前……"

丁蒲喊了一嗓子："你还让人活不活了？一个大老爷们扮一个小女子，丑、丑、丑！"

石寒秋装着没听见，该干啥还干啥。丁蒲一甩门，愤懑地走了。

晚上,丁蒲没有回家,石寒秋的岳父却来了,一个退休多年的老工人,很朴实,很和善。

丁老爷子坐下后,问:"小石呀,你们又闹意见了?"

"嗯。"

"你学京戏是好事,可不能生外心啊。那个江上鸥,你这么痴心痴意地恋着,丁蒲怎么想得开?"

"爹,我是恋着京剧,唱一唱,学一学,比打麻将赌钱总要好得多。再说,这江上鸥江老板是个男的,小丁她不是胡搅蛮缠吗?"

"男的?"

"是男的。小丁不信,明天上午江上鸥要和票友们在剧院里见面哩,她可以去看看。"

丁老爷子笑了,然后说:"这丁蒲呀,真是蠢到家了,我回去说说她。"

第二天上午,丁蒲去没去剧院,石寒秋不知道。他坐在第一排,看着西装革履的江上鸥,三十岁出头,庄重、斯文、书生模样,举止言谈没有半点脂粉气。即使是内行人,也只能从他偶尔嫣然一笑而悄然收敛的习惯口型上,看出他长期舞台生涯留下的一丝痕迹。名角就是名角!

中午,石寒秋回到家里。

丁蒲已把饭菜摆在桌上了。

"见过江上鸥了?"丁蒲问。

"嗯。你也见过了?"

丁蒲点点头,突然,仰起头大笑起来,笑完了,大大咧咧地说:"寒秋啊,如果江上鸥是个女人,你迷着京剧我倒是觉得正常。上午一看,他不就是个和你一样的大老爷们吗?你迷着这京剧,不是疯就是傻,犯得着吗?"

石寒秋刚刚拿起筷子,听了这话,猛地把筷子放下了,气得一张

脸煞白煞白。然后,一句话不说,扬长而去。

过了些日子,他们离婚了。

石寒秋除自个儿的换洗衣服之外,只要了属于他的书籍,关于江上鸥的唱片、磁带、录像带、剧照,以及一些唱旦角用的头饰和戏服。

有的人一生就活在一个梦里。

石寒秋的梦,就是永远想做一个又永远也做不成的京剧男旦。

丁蒲能理解吗?不能。

戏 衣

○湘 人

农历的六月六日,民间称之为晒书节。

江南悠长的梅雨季节早已过去,眼下是太阳高悬,照得到处明明晃晃的盛夏。到了晒书节这一天,读书人该晒书了,去霉去湿,书香也就变得干燥而清纯。晒书节晒的当然不仅是书,还有被褥、衣服,及其他该晒的什物。在古城湘潭,家家都遵循古俗,格外珍惜这一天的阳光。

江南京剧团团长高声,突然接到寇晓丹的电话,当时他正孤零零地坐在办公室里发呆发愁。按理说今天是星期日,本不该上班的,妻子安排他在院子里晒霉,他很不客气地一甩手走了,身后丢下一句话:"我得上班哩!"

京剧团弄到这个可怜模样,人心都散架了,总是那几出让人看厌了的戏。老一辈的名角大腕都陆续退隐,新角还没有敲山震海的号召力,演演停停,停停演演,经济效益能好到哪里去?高声先是一个不错的小生,后来又到北京戏剧学院的导演系进修,确实精明能干。当上团长后,天天想的就是怎么让京剧团红火起来。几个月前,他请团里的编剧,将老本子《西厢记》,重新改写成青春版的《红娘》,人物不变,有名的唱段不变,但在场次、音乐、布景、服装、道具上,力图符合青年观众的审美情趣，给人焕然一新的感觉。戏排好了，还请北京和省城的专家前来观摩，没想到都赞不绝口。但专家对戏衣特意交代，要重新设计、重新制作，既要古典，又要时新，要让人眼睛发亮；弄好了，可以参加中秋前后在北京举办的戏剧调演，争取一炮走红。

此刻，好像眼前有人，高声手一摊，说："话好说，钱呢？光戏衣就要十几万，还有其他的开支哩。文化局说没有多余的钱，想找人赞助更是难上加难。愁死我了！"

就在他连连叹气的时候，电话铃响了，是寇晓丹打来的。

"喂，是高团长吗？我是老寇哩。"

"我是小高，您有什么吩咐？请讲。"

"我五十五岁了，该退休了。我想请你、演红娘的文雯，还有操琴司鼓的几个乐手，都带上乐器吧，十点钟，到我家来一趟好吗？"

"好……吧。"

高声不能不重视这件事，谁都有退休的一天啊。可为什么还要演员、乐手去呢？他蓦地明白了，寇晓丹是想最后过把戏瘾吧。

寇晓丹是团里的检箱人，一干就干了三十年，而且一辈子没结过婚，孑然一身，不容易啊。什么是检箱人呢？一般来说，后台设有大衣、二衣、三衣（靴包）、套帽、旗把五个"箱口"，演员需要什么东西，由检箱人拿给他们并帮助束装；演出完毕，再由检箱人将演员归还的东西分类清点入箱。寇晓丹和两个助手，把这些烦琐的事，做得认真细致，从不出乱。她满脸都是平和的笑，话语轻柔，再傲气的名角也对她尊重三分。她是戏校毕业的，攻的是花旦，眼看着就要大红大紫时，一场大病让她倒了嗓，后来虽有所恢复，但上台已难以应付了，于是当了检箱人。此生名伶之梦未圆，这应该是她最大的遗憾。岁月倥偬，不经意间，她就要退休了。

高声看看表，快九点了。于是，他掏出手机给文雯和乐手们打电话,相约准十点到达寇家。他走出办公室时,热辣辣的太阳已经升得很高了,他不由得叫了一声板:"唉呀呀,愁杀老夫也——"

伶人的时间观念是最强的,准十点,这一群人都站在小巷中这个庭院的门外了。

高声正要叩响门环,院门忽地开了。

寇晓丹笑吟吟地拱了拱手,说:"惊动各位的大驾了,请进!"

院门关上了。

放眼一看,所有的人都惊得敛声屏气,眼都直了。

庭院里立着好几个高高的木架,木架上横搁着长长的竹竿,竹竿上晾晒着五彩斑斓的戏衣,蟒、靠(甲)、帔、褶,竟有两三百件之多。蟒即蟒袍,圆领、大襟、大袖,长及足,袖根下有摆,满身纹绣。还有官衣、软靠、硬靠、大铠、帔风、腰裙、水裙、战裙、箭衣、八卦衣、茶衣、云肩、斗篷,等等。戏衣"上五色"的黄、红、绿、白、黑,"下五色"的紫、蓝、粉红、湖色、古铜色(或茶色),交相辉映,炫人眼目。

文雯惊叫起来:"寇老师,你居然收藏这么多戏衣,今天晒霉,让我们来开开眼?"

寇晓丹矜持地一笑,说:"请坐,刚沏的龙井茶哩!午饭我早打电话去订好了,到时饭店会用食盒送到家里来。"

高声说:"你要退休了,按常例,公家是要招待一桌送行酒席的,还要你破费?"

"团里困难哩,由我做东吧。新排的戏多好,可惜没钱置办戏衣。这些戏衣,大部分是我那铁杆戏迷的爹收藏然后又传给我的,其余的则是自个儿购买,或是请人专门缝制的。可惜式样老套,青春版的《红娘》用不上,要不,我会捐献出来的。"

院子正中的一棵树下,摆着一张八仙桌,上面放着茶壶、茶杯和几碟子水果。大家谦让着围桌而坐,默然无语。

文雯的眼圈忽地红了。

寇晓丹说:"小文,你的功底扎实,我俩都是荀派,但你比我年轻时唱得好多了。"

高声说:"原指望《红娘》把她捧起来,也让剧团走出困境,没想到天不助人。"

文雯低声说:"我都想改行了。有模特队找我加盟,可我还是不甘心……不甘心啊。"

高声头一昂,说:"这个戏一定要演下去,我铁心了。家里还有几万块钱存款,再把房产证抵押给银行,贷款十万。老婆也被我说动了,没有异议。"

寇晓丹连连摇头,说:"你的爹妈在农村,负担不轻,孩子刚上大学,费用也不少。团里的人都靠着工资过日子,也拿不出多少钱来,还是我来想办法吧。"

大家都直瞪瞪地看着她。

"今天,是我最后一次晒这些戏衣了。我爹收藏戏衣,是因为他太爱京戏了,爱屋及乌。我呢,是为了圆那没唱成名角的梦,看着戏衣算是得到最大的安慰,也常会一个人对镜着戏衣、化装,彩唱解馋。京戏是我的命根子啊!"

说着说着,她眼泪也出来了,连忙揩去。

"小文这班年轻人,眼看着就要成'角'了,高兴哟。团里缺钱,我不能袖手旁观。这些戏衣,我卖给外地的一个收藏家了,二十万,全捐给团里。约定明日在这里,钱货两清。"

所有的人都愣住了。

高声说:"这怎么行?就算团里借你的吧。"

"不!若是借给团里,上上下下都有压力了,戏还怎么能演好?是捐给团里!我一个老婆子,要这么多钱干什么。"

文雯突然嘤嘤地哭了起来。

寇晓丹轻轻地拍着她的肩膀，柔声说："小文，别哭，我还有件事要求你哩。我就要退休了，这么多年来，就没当着人唱过戏，你陪我彩唱《红娘》中的几段，好吗？当然还得劳驾高团长唱小生哩。"

"好。"文雯带泪回答。

"好！好！"高声和乐手们都大声喊道。

"那我们化装、穿戏衣去！小文，你唱红娘，我唱崔莺莺，高团长唱张君瑞。"

…………

锣鼓声、京胡声响了起来。

整个庭院和晾晒的戏衣成了舞台和布景。

光彩照人的红娘、崔莺莺、张君瑞，在乐声中，翩跹起舞，仪态优美。年过五十的寇晓丹，此刻成了风情万种的崔莺莺，高声不由得在心底叫了一声"好"。

红娘唱"反四平调"的"佳期颂"：

小姐呀，小姐你多风采。

君瑞呀，君瑞你大雅才。

风流不用千金买，

月移花影玉人来。

今宵勾却了相思债，

一双情侣称心怀。

老夫人把婚姻赖，

好姻缘无情被拆开。

你看小姐终日愁眉黛，

那张生病得骨瘦如柴。

不管老夫人家法厉害，

我红娘成就他们鱼水和谐。

院门外,传来一片叫"好"声,准是巷里的老少爷们,被锣鼓的声响引来,挤在门外听戏。

高声向一个乐手使了个眼色,让他去打开院门,好让寇晓丹正正经经地面对众人唱一回戏……

青春版的《红娘》如期轰轰烈烈地上演了,誉名四播。然后赴省城、到北京,红了大半边天。

退休了的寇晓丹,早就搬出了那个世居的庭院,悄悄地住在城郊的一个偏僻处,是两小间简陋的平房。

经常去走访寇晓丹的文雯,有一天告诉高声:"高团长,寇老师没卖戏衣,卖的是那个庭院。她现在的住房是租的。"

"你怎么知道?"

"我千方百计打听到的。她不说卖房子,是怕我们坚辞不允;她不卖戏衣,是因为还舍不得京戏!"

高声大喊一声:"我们都像她一样,这京戏不兴旺才怪!"

观鹿山的戏楼

○ 何　晓

　　曹先生没有告诉任何人,他的儿子今天要回来。

　　吃了午饭,他眯起眼睛在竹板凉椅上躺了一会儿,才和老伴相互搀扶着出了家门。

　　他走着,一会儿想该给戏楼写副啥对联,一会儿又想自己的心思该咋告诉儿子——因为儿子在电话里说,算算往来的路程,他最多只能在家待三个小时,就必须赶回去开个常委会。那是一个很重要的会议,将要决定很多人的前途,包括他自己的前途。

　　曹先生一时还真不晓得,咋样才能在短短的三个小时里,让儿子明白自己回乡三十年悟出的为官经验。

　　从观鹿山下慢悠悠地走到山腰的古戏楼,要不了半个小时。观鹿山离古城有百多里,整座山上也只有近百户人家。看似一个平常的川北小山村,却因为这座古戏楼,成了方圆几百里的人都羡慕的好地方。

　　古戏楼是乾隆年间搭建的,已经很旧了,雕花和匾联都没有了,但还结实得很。楼阁一样的戏台,台面离地二米,前面有个大坝,有戏看的时候,要自己抬凳子来,坐在大坝里看。戏开演了,大家都想看清楚些,前面的把脖子抻得老长,后面的就只好蹲在凳子上、站在凳子上，即使同样是坐着、蹲着或是站着，因为凳子的高矮不同、人的高矮不同，仍然不是你把我遮了，就是我把他挡了，推推搡搡的，台下的声音比台上的声音还大。村里几百年的习俗，谁家有了大事情，都要去古城请个戏班子。戏班子来了，邻村邻乡邻县的人，就会打起灯笼火把地往戏楼面前聚，那个时候，是观鹿山最荣耀的时候。

今天，请了戏班子来祝贺曹先生七十大寿的，是观鹿山的村民。

村民们能把曹家族谱背得清清爽爽，却唯独说不明白曹先生年轻时到底当过多大的官。曹先生十七岁离家外出求学的时候，堂上双亲都还健在；四十岁回观鹿山的时候，身边却只有一个文静的女人和一个与他齐肩高的儿子。全村的人都是同祖同宗的，并不计较他在外面做过什么，但却对他的不孝耿耿于怀，带他们去上坟，帮他们修葺祖屋的时候，都不大和他们一家说话。慢慢地，时间长了，村里人常看到曹先生父子在山上慢慢地走，隐隐地听到他们说的是老祖先的事情，态度便悄悄发生了变化，老远见他们走过，也停下手里的活计，弯腰叫"先生"。逢年过节的时候，村子里有人家想贴对联，还会买了红纸去曹家拜望，一般也是曹先生撰联，他的儿子书写。曹家的儿子不光字写得好，学问也好，恢复高考第一年，就去了北京，再没回来。

早几年，只晓得曹家的儿子在读书。猛地有一天，人们在报纸上看到了他，名字很熟悉，眉目也和曹老先生一模一样。没多久，开来了一支部队，修通了从古城到观鹿山的柏油马路，接通了电线、电话线。于是，人们又常在电视里看到他。曹先生却还是跟往常一样，喜欢和老伴一起，在戏楼上坐着，看日出日落。

曹家的儿子一次也没有回来过，但关于他起起落落的传闻却越来越多，曹先生的白头发在这些传闻中，也眼见着一天比一天多。村子里的其他老人过寿诞，都有小辈远远近近地回来，请个戏班子在古戏楼上唱几出。每当这样的时候,曹先生就站在所有人的后面,任谁也把他请不到前排去。村里的人看不过,便商量着也给曹先生请个戏班子。另外,戏楼好歹也是个文物,正可以趁这个机会请曹先生撰写一副对联。

曹先生和老伴来的时候,大坝子里已经站满了四邻八村的乡亲。大家看见他们,忙让开一条路,请他们到前面去坐。但曹先生执意要坐在最后。大家没有办法,只得去学堂里搬了几张课桌和几条长椅子,放在大坝边上。人们刚刚坐定,锣鼓正要开场,从乡村公路上疾速开来了三部小车。

曹先生看到儿子下了车,在一群人的簇拥下,坐到自己身边,喊了声妈,喊了声爸。戏开演了。曹老先生眼睛盯着戏台,余光却一直在儿子身上。自从儿子离开观鹿山,他和老伴只去看过儿子三次,一次是儿子结婚,还有一次是孙子出生,第三次是五年前他的老上级、儿子的老岳父突然病逝。转眼,儿子也有四十岁了,自己就是在这个年龄回观鹿山来的吧?世事真是难料啊!曹先生耳朵里听的是川戏锣鼓,眼睛里却满是看戏的人。在这个坝子里,要想把戏看得清楚一点,不想点办法还真不行啊!曹先生看着、想着,突然明白了这戏楼的对联该咋写。

戏演完了,观众逐渐散开了,村里的老人们拿了宣纸和笔墨过来,请曹家父子一定要像二十多年前一样,合作一副对联。儿子已经自信地开始调墨了,曹先生转过头望着刚才还熙熙攘攘现在却空空荡荡的戏楼和大坝,一字一顿地说:"看不见姑且听之,何须四处钻营,极力排开前面者;站得高弗能久也,莫仗一时得意,挺身遮住后来人。"

他说完了,再看儿子时,发现儿子的手悬着,半天落不下去。

头　牌

○红　酒

　　县里有个曲艺队，人不多，统共只有十来个，可个个都有把刷子，有个叫张天辈的说书人在里面挑班唱头牌。

　　张天辈高个儿，腰板儿倍儿直，瘦白脸儿，留一缕花白山羊胡，书说得好，不说十里八乡了，就是在附近几个县都有名气。他人也傲气，整日手里捧个锃亮锃亮的白铜凤冠雕花水烟袋，抽起烟来，咕嘟咕嘟响。那时候抽水烟儿的人不多，可张天辈是角儿，角儿有角儿的气派是不？他就是和别人不同，无名指留有半寸长的指甲，平时修剪得很整齐，爱翘着个小指头用留有指甲的无名指当梳子整理他花白的大背头。别看他整天耷蒙着眼儿，一上台，神采奕奕，俩眼儿炯炯有神，一人千面。那鼓一敲，砰砰作响，极有韵味，让人心痒难耐。鼓声停歇，张天辈嘴一张，字正腔圆，沧桑厚实，台下乱哄哄的场面即刻鸦雀无声，观众跟着他时悲时喜。

　　这一阵儿他跟前儿有个年轻貌美的女子与他形影不离，不知情的以为是他孙女。其实那女子先是迷上他说的书，继而迷上他的人，走哪儿跟哪儿，家里人看出不对劲，也劝了，也骂了，也打了，还是跳窗翻墙跟着张老先生跑了。

　　张天辈却跟别人说那女子是他干闺女。

县曲艺队和豫剧团的宿舍同在一院,有的是爱管闲事儿说小话儿的人,其中"小贱妃"最有能耐。

"小贱妃"名叫马花。马花在《秦香莲》中扮演皇姑。论说剧中皇姑是有着皇家气派的公主,金枝玉叶万尊之体。可马花就是对皇姑这个角色理解不到位,老是雍容跋扈不足,风骚轻佻有余。压根儿不管自己是身穿日月龙凤衫的公主千岁,出场后往台口侧身一站,冲观众就频频地丢媚眼儿,毫无大家风范,勾得台下那些浪荡子们扯起破锣嗓子叫好。马花得意地一拨儿媚眼儿接着一拨儿媚眼儿地丢,拽都拽不回来。从此,便落下了"小贱妃"的绰号。

这时,"小贱妃"正满脸跑眉毛跟平时演宫女丫鬟的秋菱发布她的最新消息:那女子哪是张天辈的干闺女啊,夜夜黑儿睡一块儿呢!说得有鼻子有眼儿。

俗话说好事不出门,坏事传千里,这剧团里本来就是块儿是非之地,这下整得跟鳖翻滩似的再也不安生了。

闲话传到海椒那儿了。曲艺队队长姓海名椒,以前唱花脸儿后来倒嗓改行当了队长。人如其名,性格和花脸儿的行当相配,行事有点儿鲁莽,话辣还冲,剃一光瓢,动不动拉开架势,哇呀呀呀呀一阵叫板,吓得剧团大院儿里的一帮半大孩子四下逃窜,他倒是得意地拍着光头咧着嘴嘿嘿嘿地开心之极。可眼下,他听了"小贱妃"广播后,抽着冷气牙疼似的在当院里转来转去想门儿。

那个年月男女问题是雷区无人敢蹚。虽说曲艺队和剧团里不时有些花花草草的事儿,可那是逢场作戏跟刮风一样,过去就过去了。张天辈这事儿非同小可,人家是个人物是角儿啊。

张天辈三十岁丧妻,这么多年干熬,如今奔六十的人了,莫非晚节不保?

想来想去,海椒觉得得给张天辈提个醒儿,可这事儿没按住就无法开口。情急当中，拉上豫剧团的支书、他师兄、小生行当的洛成一起与张先生摊牌。

张天辈住在靠西边把头儿的那排平房里，海椒和洛成进门时他正坐在冲门口儿的那把罗圈椅上咕嘟咕嘟地吸水烟儿。见他俩进来，眉毛一扬中气十足地喊声"坐，上茶"算是招呼过了。俩人落座后，环视屋内，见摆设俭朴，迎面挂一画轴，细瞧却是黄冑的《群驴图》，虽说画已发黄，但这么随意地挂在家里，就知道不是真迹是赝品。这时，只见里屋门帘儿一撩，一花布衫儿大辫子闺女手里端两杯茶就出来了，低着头盈盈含笑将茶放在海椒洛成跟前儿，也不言语就快步出去了。

海椒干咳几声与师兄绕黑山避白水比葫芦说瓢终于把意思表达出来了。俩人擦擦汗忙呷口茶水润嗓，只等得茶喝完了，还举着空杯张嘴瞪眼儿庙里木鱼儿似的紧盯着张天辈看。

半晌，张天辈阴着个瘦白脸儿把手中的水烟袋重重往桌上一顿，山羊胡子一撅一撅地说：碍谁事儿？俺找个暖脚的中不中？明儿找您开证儿去！海椒和洛成面面相觑，既然话已说到这份儿，忙知趣地起身告辞。脚还没迈出门槛儿，就听后面说声：走好，不送！花脸儿和小生对视苦笑，好像怀里被人猛地塞块冰只凉到后脑勺脚后跟儿。

两天后，剧团大院忽然噼噼啪啪爆竹声声，惊得猫也跳狗也咬的。大院里的人们慌忙起身看个究竟，却见一脑后盘髻斜插朵红绒花的女子，搀着手捧个锃亮白铜凤冠雕花水烟袋的张老爷子踩着一地落英，喜眉笑眼儿地说着走着……

是个男人都说：这张天辈艳福不浅！

"小贱妃"说：嘿！老牛真的吃着嫩草了。

张天辈照样在曲艺队里唱头牌。

风　月

○红　酒

　　风月是剧团里的台柱子,扮相俊美,嗓音稍稍带些鼻音儿,听起来反而格外有韵味。

　　剧团有三四十人,旦角演员也不少,却只有风月是科班出身。省戏校毕业后分到团里,一来就挑大梁。

　　风月扮演过许多角色,《铡美案》中的秦香莲,《断桥》中的白娘子,《龙凤呈祥》里的孙尚香。最拿手的两出戏是《秦雪梅》和《铁弓缘》。

　　风月考入戏校时年龄还小,选什么行当自己做不了主。

　　不过这也没关系,注定吃这碗饭了,只要不演媒婆,不演大花脸都成,风月心中暗想。

　　风月的授业老师姓萧,深知选一个合适的青衣演员有多难。

　　十几个俊丫头排成两行,萧老师从左往右再从右往左挨个儿相看。

　　风月站最后一排,萧老师在她面前驻足不前。

　　这个小丫头柳叶眉,丹凤眼,不用勒头眉眼都向上挑,羞羞看人一眼,就低下头笑,不声不响的,安静得像朵栀子花。

　　萧老师问一句,风月柔柔回一句,嗓音像画眉子叫。萧老师拉着

风月的手走到一边,说愿不愿学青衣?风月使劲点点头。

唱念做打舞,手眼身法步,是做演员最基本的艺术修养。台上一分钟,台下十年功,风月比别人学得都上心。

风月一个"卧鱼"没做到位,萧老师手中的板子就敲过来了。风月"呀"一声,抚着被打痛的胳臂,眼泪成对儿成对儿地掉,宛如梨花带雨,楚楚动人。萧老师后悔自己下手重了。

玉不琢,不成器,梨园行自古以来有陋习,老艺人们爱说"打戏",出师后即便是红遍天下,学戏时挨打总是难免。萧老师曾是当红的大青衣,也是这么过来的。

萧老师取来一枚新鲜的生鸡蛋,细心地把蛋黄分出,仅留下蛋清,轻轻揽住风月,在她已经青紫的胳臂上涂抹,怜爱不已。

我不怪萧老师,你是为我好呢……风月抽泣着,反过来却安慰萧老师。

即便是哭,也能咬字分明,萧老师仔细端详着风月还挂着泪珠的小脸,心中一动。

萧老师说:一个好演员不能过于单一,梅兰芳梅大师正工青衣,可刀、马戏、闺门旦都拿得起放得下。老师没有门户之见,你学学闺门旦吧,《秦雪梅》这样的悲情戏也适合你。

风月答应了。

秦雪梅这个剧中人物的行当属于闺门旦。在《哭灵》一折中,有这么一句:秦雪梅见夫灵悲声大放,哭一声商公子我那短命的夫郎……秦雪梅拿着祭文,手抖得如同风中秋叶。可别小看这个抖手,那是个功夫,风月苦练多日,还是不得要领。

风月急得直跺脚。萧老师逗她说,去集市上买条活鱼,把手放松,顺着劲儿,随鱼而动。细细揣摩,反复练习,功夫到了,自然就会。

风月却当真了。那时她是个学员,没钱买鱼。伊茗湖畔经常有人垂钓,风月就趁课余时间跑到这里,静静地蹲在人背后,看见人家钓上一尾活蹦乱跳的鱼,就忙不迭地帮着把鱼钩取下,有意在手中多拿一会儿找感觉。钓鱼人都喜欢这个文文静静不爱说话的小姑娘,鱼一咬钩,就冲风月使眼色打手势招呼她过来捡鱼。后来知道风月是戏校的学生,拿活鱼是为了练习基本功,越发喜欢她了。有个老伯还送她一只红色小水桶,钓了鱼专门送到风月的住处。

手势语言在戏剧中被称为演员的第二张脸。风月一次次抓鱼,一遍遍地找感觉,终于掌握了其中的奥妙。萧老师发现,这丫头双手做起动作来,表现力极强,尤其听说她真的练抓鱼,惊讶极了。

上了装的风月一袭白衣,宛如天人。手拿祭文,跪拜在商公子灵前,一声"商——郎",凄艳哀绝,荡气回肠,余音袅袅,不绝如缕。尤其是唱到"商郎夫你莫怨恨莫把我想,咱生不能同衾死也结鸾凰"时,风月藏在水袖里的双手上下抖动,犹如白蝶飞舞,银花翻卷,凄美空灵,令人眼花缭乱。

一下台,萧老师就把风月抱住了,说:丫头,你抓了多少条活鱼呀。

在团里挑大梁的风月有过一次失败的婚姻,后来和花脸海椒结合了,事业上顺风顺水,家庭美满幸福,风月依然是剧团的台柱子,青衣、闺门旦甚至刀马旦都拿得起放得下,可谓文武不挡、色艺双绝。

真正让风月名声大震的是《铁弓缘》这出戏,花旦、青衣、小生、武生四个行当全在一出戏里集于一人之身,唱念做打缺一不可。风月把青春貌美武艺高超的太原守备之女陈秀英演活了。

就在《铁弓缘》这出戏赴京演出的前夕,风月突然病倒了。

病愈后的风月基本没有变化,就是手抖动得厉害,连一小杯水也端不牢。风月郁闷地问海椒:我还能不能上台了?海椒说能,《铁弓缘》咱不能演,还演不了《秦雪梅》?风月含着眼泪笑了。

萧老师闻讯,心疼坏了,心急火燎专程赶来探望风月。

师徒俩深情地望着对方,激动得说不出话来。半晌,风月好像想起了什么,就把一双手举到萧老师面前,眨了一下眼,说:萧老师,要是现在练习抖手,我就不用去抓活鱼了吧?

话说得很轻松,那神态,像个俏皮的小花旦。

武 生

○红 酒

八百里秦川是对关中的俗称,二魁家就在关中有个叫图樵村的地方。

二魁唱秦腔,武生行当,演血性汉子武松,甩个高音儿,穿云裂石,六马仰秣,素有"活武松"之称。

戏外的二魁也不含糊,宽肩蜂腰,相貌堂堂,力气过人。论说二魁在舞台上的扮相唱腔以及做派都是一等一的棒,可有很长一段时间,关中人津津乐道的不是他饰演的"活武松",而是另外一件事情。

二魁八岁进戏班子学戏,唱红后,一年回不了几次家。二魁的爹常常在家骂,骂武松只顾着醉打蒋门神、景阳冈打老虎,老子还能活几天?回趟家多难似的。

信儿带到后,二魁觉得对不起爹,于是告假回到图樵村。

图樵村的人家不像别的村子那样分布零散,这里所有的院落全坐北面南,很规整地分成上街下街。平时,村里人会在空闲时端着饭碗抽着旱烟聚在外面的老榆树下或者空场地里谝闲话。上街人仗着地势高能望远,下街有点动静就能看得到;下街的人想招呼上街人,站自家院子里吆喝一声,两家就能亲亲热热对话了。二魁家在下街。

二魁到家已是半下午了,爹打量着神武有加的儿子高兴得合不拢嘴,问东问西,闲话谝了一箩筐。婶子大娘叔伯兄弟街坊四邻挤了一院子,嚷嚷着要听戏,爹眯着眼儿啪嗒啪嗒抽着烟也说唱一段儿。二魁当院站定,唱的是《武松打虎》出场时的一段:老天何苦困英雄,叹豪杰不如蒿蓬。不承望奋云程九万里,只落得沸尘海数千重。好一似浪迹浮踪,也曾遭鱼虾弄。

听戏的人直拍巴掌。爹心满意足地说,听了你小子的戏,我就是今儿脱鞋明儿不穿心也静了。

人散了,二魁让泡老尿憋得难受,就朝后院走去。这时天已擦黑儿,二魁还能听得见上街一群人的说话声。后院不是真的就在后面的院子,图樵人把茅房统称为后院,二魁家的后院其实就在大门前十米远的地方。

话说二魁来到后院,解开裤带酣畅淋漓地刚尿净,就觉得茅房后墙上一道黑影带着股腥味压了下来。二魁本能地回头观看,忽觉喉头一紧,刺痛钻心。狼!二魁被一条在暮色中四处觅食的狼咬住脖子了。

那些年,关中常闹狼患,三天两头听说谁家的小娃在门楼玩耍,家人离得不远,坐在树下纳着鞋底子,也就是低头的工夫,野狼神不知鬼不觉就蹿了出来,在家人眼皮子底下把孩子拖走了。

如果在旷野中二魁与狼遭遇,交起手来,未必吃亏,多年的武生功底,身手自是不凡。可眼下他被自己褪下的裤子绊住了腿,脖子被这畜生死死咬住,有劲儿不好使。

二魁心里清楚,自己要不反抗,今儿就会成点心葬身狼腹。情急当中,他腾出双手,死死掐住狼脖子,任凭野狼如何拖拽撕甩,二魁就是不松手。钻心的疼痛加上狼口中热乎乎的腥臭味儿几乎让二魁窒息,他横下一条心,不能就这么死了。跟着戏班子经常走南闯北餐风露宿也没觉得不易,偏偏回趟家,给爹唱了段《武松打虎》后就跟野狼干上了,若是性命不保,那段《武松打虎》还真成绝唱了。

一个茅房会有多大地儿?就这样,野狼咬着二魁的脖子,二魁双手卡着狼脖子,裤子缠着脚脖子,露着白花花的屁股,翻着滚着就从茅房里出来了。

上街的人端着饭碗,不是没看到这一幕。这会儿天已黑透,村庄里偶尔也有人提着马灯走夜路,可谁也没想到二魁这会儿正搂着野狼翻滚。上街有人眼尖,吃着饭吃着饭站了起来,看见白花花的东西一闪一闪的,就说,谁家的驴卸了套在打滚儿呀?几个正埋头往嘴里扒饭的老爷们儿都不约而同地站了起来,看风景似的看"驴打滚儿"。二魁被狼咬着脖子,干着急喊不出来,否则的话,就冲着他那条好嗓子,随便甩个高音儿,图樵村谁听不见?

二魁竭尽全力与狼抗衡,不知过了多久,二魁觉得狼慢慢松口了,他丝毫不敢懈怠,双手拼死用力,"嘎嘣"一声,狼身子一软,挣扎两下后不动了。二魁想喊,也喊了,可他觉得自己的声音没从喉咙里出,而是从脖子上四下挤出。狼把他气管咬破了,脖子成了个漏斗,到处冒风。他挣扎着站了起来,双手提着裤子,摇摇晃晃地回到家。爹惊呆了,冲到院子里一声吆喝,街坊四邻闻声而来。

好汉二魁盘腿坐在炕上,仰着脖子,东院的三伯正哆哆嗦嗦给他上药。可那白面面药一涂到创面上,"噗"地就被气管里露出的气给吹跑了。二魁说不出话,只是用手朝门外指了又指。有人不解,提着盏灯疑疑惑惑出去查看,"娘啊",一声惊呼——他们发现了那条野狼。

众人七手八脚张罗着连夜把二魁送进医院,有人认出了他,惊讶地说,这不是唱秦腔的"活武松"二魁吗?

图樵村的人说,没错,不过他这次打的是狼,那狼像小牛犊子。

真狼?

真狼!

据说那条狼被图樵村人抬着,敲锣打鼓方圆几十里都显摆了一遍。

二魁伤好后,嗓子坏了,演不了武松。二魁不甘心,他选了衰派老生行当,演过《跑城》里的徐策,做派不错,举手投足却有武松的影子。嗓音不光粗犷,沙哑还带着毛刺,咝喇咝喇钝刀子割人的感觉。有些人就说了:二魁演不活唱做并举的徐策。

说归说,关中的戏迷们还是愿意听二魁唱戏,虽然他扮的是徐策,嗓音也不再穿云裂石,可是戏迷们都说,他还是个武生,那嗓子照样有武生的味儿。

被风吹走的夏天

○郭凯冰

太阳还在镇西树梢上挂着,一袭白衫的尹先生已在门前的槐树底下摆好了架势:胡琴筒置于左腿,琴杆向左稍倾斜,左手握住千斤,右手悠悠运弓,开始拉起《林冲夜奔》里的《驻马听》。

年轻时在京城做过生意的秦老爷子也眯了眼,手指打着拍子,准备跟着哼几声,却听耳边一阵清亮的女声,穿过头顶的槐树嫩叶,飞上了清水镇黄昏的天空:

良夜迢迢,良夜迢迢,

投宿休将他门户敲……

两人睁开眼,面前娉婷立着镇西陶家的二姑娘,正一抖手腕,微微张口,准备吐出下一句。"会唱的来了,我这老头子有耳福。"秦老爷子很高兴有人参与进来。当年,二姑娘挑着两个马尾小辫去省城比赛,一出《孔雀东南飞》,让自己飞到了省京剧团。如今是团里的青衣,那嗓子敢情好。一个月前她唱花脸的丈夫带个小姑娘跑了,二姑娘来娘家修养,今天是第一次出门呢。

"这林冲我可扮不好,老爷子要是喜欢听,尹先生,咱就来段《牡丹亭》里的《惊梦》?"

这正是尹先生最拿手的。二姑娘虚甩一个水袖,软身子一转,兰

花指一挑,斜眸钩住了西天的云彩,咿咿呀呀唱起来:

　　原来姹紫嫣红开遍,

　　似这般都付与断井颓垣。

　　良辰美景奈何天,

　　赏心乐事谁家院……

胡琴里飞出亮亮的女声,引得街上人纷纷聚来,就有人探头看看尹家静悄悄的院子。

清水镇人听不懂胡琴,他们喜欢唱吕戏,拉坠琴。平日吃着饭,就有喝着小酒的爷们儿吼上一嗓子:"马大宝喝醉了酒,忙把家还……"正骑在门槛上贪玩的小子张口接上:"只觉得天也转来地也转……"

镇上人结婚就时兴奏一出吕剧的"老四平",没人唱,只用坠琴奏出那份喜庆。琴声响起,新郎新娘点烟倒茶,一出戏奏完入洞房。可尹先生结婚那晚进洞房,拉了一夜胡琴。镇上听房的女人说,这人可真够狠。跟着"狠"字吐出来的,是一声叹息。

二十二岁那年,尹先生是有机会去京城的。那个路过清水镇的北京教授,听了尹先生的胡琴说,我还没有见过这么有天分的年轻人。我带你去北京教半年,你一定能考上全国最好的戏曲学院。半年后尹先生果然带回一张录取通知书,学费却没有着落。尹先生便去未来的岳父家——走前送了彩礼要结婚的,钱一直没动。可对象不答应:你走了,我咋办? 通知书便成了一张废纸。

这个黄昏日头落得紫红。二姑娘唱得地道,尹先生也拉得痴狂。他脸上一层细细的汗珠,眼睛也亮亮的。

"尹先生,你这胡琴是软弓,有一种咽音,让人听了肝肠寸断呢。"

"二姑娘,你唱腔柔亮圆润,有这嗓子的可不多。"

二姑娘腼腆一笑说:"去年京城拜师,柳老师那嗓子把我迷住了。

打那之后,我发音位置就变了。柳老师说,把握住行腔尺寸,还能吐出抑郁之气。"

"原来你还拜过柳先生为师。我去北京那半年,她也在那里学戏,唱的《游园惊梦》,真叫个好……"众人称奇,这事儿尹先生从没露过。正支着耳朵听仔细,他竟硬生生住了嘴。

"哎呀,原来你也认识柳老师!"二姑娘激动得来了句京剧道白。

"行了行了。"秦老爷子隔好几个头顶,看尹家东厢房的灯已熄了,便说,"好福气要慢慢享,都该睡了。"

月亮果然已跳上楼顶。尹先生远远望着二姑娘的身影拐过楼角,那咿咿呀呀跟着月色飘过来,似乎将人带到那年北京的夏天。他在院子里站一阵儿,进了西厢。

初夏,雨后的傍晚,清水镇上空挂了道彩虹。众人正仰了脸看,却见尹师母一脸泪痕从院子里低头走出来,原来二姑娘跟尹先生竟唱了出真"惊梦"。被尹师母看到,二姑娘静静迎上去,挑一双莹莹润润的眼儿说:"尹先生这辈子白过了,我要给他惊梦一回。"

这些年尹师母只不过活了个脸面。两个月后,跟后街稀罕她多年的"豆腐王"成了家。听到"豆腐王"响在石板路上响亮的吆喝,清水镇人就说:"'豆腐王'厉害,才几个月,就把青黄焦枯的人儿养成个滋滋润润的豆腐西施。"

秦老爷子说得更妙:"这人呢,一家人进一家门才好。看那二姑娘,精气神儿不也足了?"

秋了,尹家院门口的槐树上坠了密叠叠的荚,人也聚个满堂。着了唐装的尹先生,拉起胡琴,二姑娘扮上大彩妆,凤冠霞帔,唱了一出《状元媒》:

自那日与六郎阵前相见,

行不安坐不宁情态缠绵。

被风吹走的夏天

在潼台被贼擒性命好险,

乱军中多亏他救我回还……

那夜,清水镇很亮。豆腐西施也在远远的槐树下听尹先生拉京胡,"豆腐王"给妻子递个板凳,乐呵呵吸着烟袋。

月亮,沉在清水河中,亮亮的。

绝　唱

○连俊超

刘老头儿提着二胡走回清乐镇的时候,秋风在空寂的街道上横行霸道。他在塘边伫立片刻,凝望着哆嗦在清水塘中的朦胧月影。一阵阴风钻进他的领口,他禁不住打起寒战。穿过几条巷子,他在一扇低矮的木板门前停下了脚步。镇里的狗吠声隐隐约约,似乎来自遥远的地方。

在城里转悠了两天,刘老头儿感到浑身上下的骨头缝里都钻满了疲惫。他推开门,看到透过树枝的月光像被剪得七零八落的破布一样散落在院子里。他在院中坐下,取出二胡,架在腿上,二胡吱吱呀呀地哼了两声便断了气。他叹口气,抬头看看清冷的月光,仿佛看到一张面无表情的脸庞。

刘老头儿小心翼翼地收起二胡,说:"多好的一把弦子,跟了我一辈子,让你受委屈了。"他抚摩着二胡,像是梳理那些一别经年的往事。那时,一把二胡,两声同唱,月光之下,清风之中,他和秀芝在清水塘边演绎了多少才子佳人的离合悲欢。可当秀芝父母听说这个所有家当只是一把二胡的刘柱与自己的女儿私订终身时,他们毫不犹豫地将女儿咿呀幽怨的唱腔隔在了高墙内。他们对刘柱说,你除了会拉个破弦子唱几口土戏还会啥?等你哪天上了大台面再说这回事吧！有些日子，刘柱隔墙拉弦，墙内秀芝忧戚的轻唱却逐渐变作连绵不绝的低泣。刘柱的目光被高墙无情地折断，他收起二胡，默默离开了。

后来刘柱带上二胡，踏上了去往城市的土路。他走的时候，隔墙对秀芝说，他一定会登上大台面的，那时他要和秀芝同台演唱。他在城里遇到一些来自乡下的说书人，便在近旁支起二胡自顾拉唱起来。

过路者不时在他身旁丢下一枚硬币，没有人停下脚步。他对自己说，老子不是来卖唱的，瞥一眼那些散落的硬币，起身返回清乐镇。当他走进镇子时，秀芝投水的消息立刻笼罩了他。他来到清水塘边，水塘向他呈现的，是一番躁动之后异常的宁静。清风徐来，涟漪层叠，月影摇曳，然而，除却了秀芝那哀怨悠长的吟唱，他感到恐慌不定，似乎身体被轻柔的风掏空了。他在塘边站立许久，然后拉起了二胡，凄婉的旋律在风中缓缓飘扬。他没有唱，他无法开口，痛哭将他淹没在剧烈的颤抖中。二胡啜泣一般的轻奏在水面飘远，他的哭声仍没有终止。他盯着波纹微漾的水塘，仿佛看到薄雾之中架起一座高大的戏台。

这些旧事已经像月光一样恍惚迷蒙，刘老头儿感到眼前灰白一片。多年在那条通往城里的土路上奔走的情景在他眼前飘忽不定，似乎在飞扬的尘土中渐渐隐去。

他感到嗓子眼儿痒得难受，便再次支弦，弦动音颤：

清水塘，月影摇，故人身去，是是非非人间绕；

人间绕——

雁南飞，风凉了，弦断声绝，红颜已逝谁人晓；

谁人晓——

刘老头儿唱着自己编写的戏词，不觉泪流满面。

在城里游荡多年，刘老头儿始终在街角、天桥下唱着曾经和秀芝同唱的段子。后来他到戏院门口唱了几天,一个自称老张的人说剧团缺老生,可以考虑让他登台。刘老头儿感到夙愿即将实现,奔回镇口,在清水塘边唱了半晌。可当他再次来到戏院,老张再未出现。那天他在一个公园里看见了老张,他坐在轮椅上,抓着刘老头儿的手,含糊不清地嘟哝着。对视片刻,两人都抹起了眼泪。刘老头儿后来在戏院门口唱过多次,再没有人答理他。

看着那些街角的说书人日复一日滔滔不绝的叙说,他感到心里渐渐生出一阵隐痛。他回到清乐,把自己的庄稼地和院子拾掇一番,偶尔到清水塘边唱上一段。当秀芝的父母相继离世后,他猛然发现自己已经年过半百,而他仍然在多年前那个破旧的院子里进进出出。他拎起二胡,再次走上那条坎坷的土路。

他直接去戏院请求演唱,他们三言两语就把他给打发回来了。

一夜风声,半床明月。第二天清晨刘老头儿听人说,省里的剧团秋收后到地方演出,以当地民间艺人为主。

"他们要来清乐吗?"

"来!到时候你是咱们镇的重头戏。"

刘老头儿激动不已。

"搭戏台吗?"他问。

"当然了。省里的剧团,台面高大得很。"

刘老头儿抬头望了一眼,阳光使他感到精神百倍。此后每天清晨,他早早起身,到清水塘边亮嗓子。整夜肆虐的风尚未收手,他的嗓音已经飘荡在清水塘边。人们秋收的时候,他已经忘记了田里的庄稼。

那天清晨,他走上大街,感到头颅沉重,浑身无力。一阵冷风袭来,难以抑制的咳嗽从憋闷的胸口蹿了上来。他走回屋里,躺回床上,又坚持坐了起来。再过几天就要登台,他怕自己一躺下就再也起不来了。他喝了几碗姜汤,仍然咳嗽不止。他不愿吃药,他不愿让别人知道自己的身体出了毛病。

从他门前经过的人们没有听到他像往常一样哀伤的唱腔,只有二胡颤抖的弦音断断续续。当他绵软无力的腿脚登上清水塘边的戏台时,台下掌声一片。他看到水面波光迷蒙,仿佛晃动着多年前的情景。一阵隐隐的忧伤和莫名的不安使他呼吸骤然急促,他紧闭双唇,脸色通红。他在台中央坐下,支起二胡,正了弦音,二胡凄凉的弦音缓缓飘出,却被一声沉闷的干咳掐断。更加猛烈的咳嗽接踵而至,像锯刀一样割着他的喉咙。他隐约看到了自己咳出的鲜红血丝,一阵眩晕,瘫软的双腿再也难以支撑他沉重的身体。他看到一些人向自己奔来,却听不到他们的声音,只听到夜风扯着尖厉的嗓子号叫。

阴云弥漫,月光消散,两眼茫然。

霸王别姬

○范国平

庄小蝶八岁进赵家班，学的是坤角行当。

他十二岁登台，到二十多岁就已经名震一方。

有次到娲皇庙村，唱新编剧《还俗》，他扮的是小尼姑。只见他净头，穿海青，眉清目秀，神情略带忧戚之色，虽一袭素装但掩饰不住那份令人惊艳的美丽。只见他轻启朱唇，稍露玉齿，缓缓唱道：

小尼姑年方二八，正青春被师父削去了头发。我本是女娇娥，又不是男儿郎。为何腰系黄绦，身穿直裰？见人家夫妻们恩爱，一对对着锦穿罗，不由人心急似火，奴把袈裟扯破。

他越唱情绪越激烈，唱到"奴把袈裟扯破"，情绪由激烈转为愤怒，做出双手怒扯衣服的动作。

演出结束，走出戏院，发现墙角有个人影晃了一下。他几步赶上，借着月光，竟是一位年轻的尼姑。

他觉得似曾相识。

尼姑低眉顺眼，欲言又止，小蝶欲搭讪，那女尼竟拂袖而去。

次日早，山道上，朝霞满天，夜露在草尖上闪亮，庄小蝶缓缓而上。

碎石甬道尽头，庵门紧闭，墙头上伸出一枝海棠，瓦上满生绿苔，一株瓦松长在瓦缝里，正巧从别处飞来一只叫不出名的鸟儿，叽叽喳

喳跳来跳去。

他轻叩柴扉,无声无息。

怅然离去时,似听见嘤嘤哭泣声。他急转身返回,只听门内女尼说道:"昨夜一睹小蝶师傅风采,此生已足矣。我身如草芥,命似晨露。我修得造化,烦小蝶师傅远道看我,此生无憾矣!"言罢,又无声息。

小蝶下山,露水打湿了他的裤脚,也濡湿了他的心情。

不久,传闻说,净因寺的尼姑吊死在了海棠树上。

据说,那株海棠树一夜枯了。

小蝶跑到庵上,她孤零零地躺在一块薄板上,她是杏花,他找了她三年啊!

小蝶哭得撕心裂肺。

葬了杏花,小蝶像变了个人。

赵班主来看他,说,过几天,晋绥军的孔团长给母亲祝寿,点名要看《霸王别姬》。

庄小蝶把那把鸳鸯剑找出来,用一块红绸轻轻擦拭着,这把宝剑是爹临死前交给他的,据说这把剑比他的命还值钱。

小蝶轻轻擦拭后,宝剑寒光闪闪,剑气逼人。

小蝶从锋利的剑刃上看见了一股杀气,他微微吸了口气。

他开始舞起双剑,只见他转身、腾挪、出剑。

一旁的师傅见了,训道:

"你是虞姬,不是荆轲。虞姬下手的是自己,只需要决然的狠心,一刀闪过,香消玉殒。"

八月十六,上党城里一片热闹景象。中秋刚过,大家还沉浸在节日的气氛中,这是连续几个灾年后第一个丰收年。大街上,人们摩肩接踵,卖月饼、石榴、苹果、葡萄的占了半条街,一个个脸上露出少有

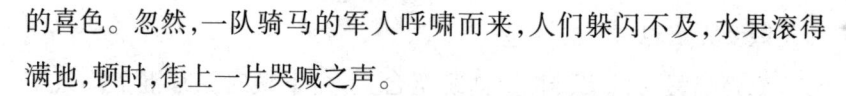

的喜色。忽然,一队骑马的军人呼啸而来,人们躲闪不及,水果滚得满地,顿时,街上一片哭喊之声。

街上的混乱丝毫没有影响孔府的热闹,今天孔府老太太八十大寿,几天前就开始布置,挂红灯,扯彩绸,搭戏台,高朋满座,笑语喧天。

午饭罢,一阵锣鼓,戏就要开场了。

台下,一身便装的孔团长对旁边的老寿星母亲说,今天是庄小蝶的拿手戏《霸王别姬》,您老就慢慢看吧!

老太太矜持地笑笑,慢慢说道:"有几年没看小蝶的戏了!"

话刚说完,外边进来几个日本人,孔团长起身迎上,寒暄道:"戏就要开了,山本君怎么姗姗来迟?"

来人说:"今天来贵府有两件事,一件是给老太君祝寿,说罢给老太太鞠了一躬;另一件是看庄小蝶的《霸王别姬》。一件都不能少。"

孔团长急忙说:"开玩笑,请山本君入席。"

戏开了,霸王和虞姬上场,庄小蝶演的虞姬一亮相就赢得满堂彩,只见虞姬一边舞剑一边唱道:

劝君王饮酒听虞歌

解君郁闷舞婆娑

嬴秦无道把江山破

英雄四路起干戈

虞姬且歌且舞,身段柔若杨柳,舞姿轻盈动人。

舞了一会,虞姬又唱道:

铁蹄踏破好河山

成败兴亡刹那间

汉军纷纷至

四面起楚歌

君王气数尽

贱妾先去也

虞姬唱罢,忽然跃起,持剑跳至台上,台下顿时一片混乱。只见虞姬跳至孔团长跟前,正欲出剑,看见旁边的山本,心想,你才是罪魁祸首,遂剑锋一转,对准惊慌失措的山本一剑刺去。

几天后,晋绥军与日本关东军一起处决一批犯人。孔团长走到被五花大绑的庄小蝶跟前,惋惜道:"可怜一代名伶,就要成枪下之鬼。我只是奇怪,事后才知道你就是杏花的男人。为什么不杀死我,为杏花报仇,而把剑刺向了山本?"

庄小蝶掷地有声地说:"杀了你,只是报了我个人的仇,而宰了山本,却是为惨死在日本侵略者屠刀下的中国同胞报了仇,这笔账,我亏吗?"

第二天,有人去为庄小蝶收尸,没有找到。

有人当晚就把尸体运走,葬在了清漳河畔,见过的人说,墓建得很气派,高大的青石墓碑上刻着:庄先生小蝶之墓!

几年后,一位胖和尚来到尼姑庵,里外打扫干净,住了进去。

据说,他姓孔,是山西上党人氏。

凉李子

○赵长春

好厨靠汤,好角靠腔。一脚蹬对这一点深有体会。她就是靠着一口好腔红遍了袁店河上下。当年有这样一句口头禅:看戏一脚蹬,喝汤彻夜灯。袁五的羊肉汤好得一夜都关不了门,无论冬夏,店口一盏气死风灯彻夜长明。

那时候,吃是十分重要的内容,把一脚蹬的唱腔与袁五羊肉汤的鲜美相匹配,虽有些不伦不类,但也算雅俗共举,精神与物质共享。不过,为了练好一口腔,一脚蹬吃尽了苦头。一脚蹬注定与戏有缘。五岁时村里来了个戏班,连唱三天大戏后,她就跟着戏班走了,从汉中来到了袁店河畔,戏班班主是当年闻名袁店河上下的"飞红巾"。班主男扮旦,把两条三丈有余的红绸巾舞得如飞天仙女。飞红巾觉得这个五岁的小妞儿有戏份儿,就把她带走了,连人家父母都没有告知。

打戏打戏,戏是打出来的。师傅一句一句地教唱,一个把式一个把式地捏练,两遍后,"唱念做打"上不来就是板子或者巴掌伺候。一脚蹬原是受飞红巾天天吃油馍喝胡辣汤的诱惑而跟了戏班的,现在才知道能吃上油馍喝上胡辣汤是如此地不易,也怕挨打,就下足了功夫,早起晚睡,袁店河畔的霞光、星光下,一个小女孩孱弱的身躯里含

着一颗想爹念娘的上进的心,所以悲戏唱得人心惶惶。

从小丫鬟小兵跑龙套开始,一脚蹬六岁就登了台。先幕后叫板后"出将",锣咣咣鼓咚咚,台口马步亮相,看台下人头攒动,竟忘了词!一片骚动中,飞红巾过来,一脚将她踹下台!老戏台讲规矩,高,大,台下是水,尺把深,丈把宽,防止看戏者离舞台太近。一脚蹬扑在了泥水中,脸上分不清是水是泪。再练再唱,九岁时终于唱红,艺名"九岁红",可是袁店河上下都叫她"一脚蹬"。

一脚蹬唱到二十七岁时哑了嗓子。那年她带着飞红巾班子回到汉中,一方面是演出需要,一方面是她想凭借模糊的记忆寻找故乡的亲人,特别是故乡的爹娘。回到故乡的那方水土,有很多的熟悉的气息包围着她,于是戏唱得更加卖力,樊梨花、陈妙常、姜桂枝、穆桂英……

虽然是两岁女儿的母亲,但走上舞台,光彩照人,妩媚多姿!

五天大戏的最后的那个下午,一脚蹬正唱得欢实,台角下有人拽她的戏衣,愣怔中,一位老妇人就在台角眼泪汪汪,一脚蹬不由自主地叫了一声"妈",简直是从心底喊出来的!

可是,晚场戏,一脚蹬哑了嗓子,怎么也唱不出来了!

一脚蹬就把精力投在了女儿身上,甚至是坐在了台口打梆子,为的就是看着女儿唱戏,看着女儿有板有眼地把自己当年的拿手好戏唱好!她看着女儿的一招一式,喉咙发痒,热泪盈眶!因着飞红巾弟子的艺名中都含"红"字,女儿便为"七岁红"。

可是,小艺红更胜女儿一筹,虽然在台下与女儿比较起来,小艺红有点逊色,可是一上台,小艺红远胜女儿。为此,女儿没少在一脚蹬面前撒娇,甚至有些赌气。作为女儿,她是有资格的,哪怕二十大几。可是,作为一名演员,她的一些要求总被一脚蹬用委婉或者善意的话语所拒绝或化解。比如,七岁红要求唱一些戏里的女一号。比

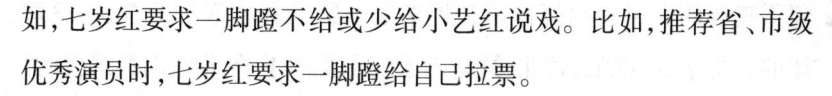

如,七岁红要求一脚蹬不给或少给小艺红说戏。比如,推荐省、市级优秀演员时,七岁红要求一脚蹬给自己拉票。

——妈,你太偏心了!

——闺女,小艺红确实唱得好!

就这样,一直到七岁红和小艺红分别当上了副团长,一脚蹬退休,留下了团长的位置。

这一天,七岁红哼着戏歌进屋,把西瓜、苹果、李子等水果放进冰箱后,走到了正在看自己当年戏曲录像的一脚蹬面前说,妈,又想过去的事了?

一脚蹬一笑,甚至有点羞涩,嗓音哑哑地应了一声,怎么了,今天这么高兴?

七岁红确实高兴,市文化局局长已找她谈过话,有可能让她当团长。她想与小艺红进行很好的沟通,就着一脚蹬的面,就在今晚,请小艺红来家里。小艺红是一脚蹬的亲传弟子,她会来的。

一脚蹬眉头一皱,小艺红不是在省里会演三天吗?

是,下午唱完就回来,团里去车接了,直接来咱家。

哦。

当晚近八点的时候,小艺红跟在七岁红后面进了家门,手里捧着一大束鲜花,热情地向一脚蹬鞠躬、献花。七岁红去拿冰箱里的冷藏水果时,里面空空如也。

妈,水果呢?我们好解渴。

哦,喝开水吧。

桌子上,两杯开水,满盈盈的,温度正好!

七岁红的脸就红了,白了,不敢再看母亲——她眼前翻腾着母亲给她讲了数次的场景:一脚蹬愣怔间,发现了戏台角下一位顶着白毛巾的妇人,眼泪一下子涌了上来……人们明白了这些后,台上台下响起雷鸣般的掌声和叫好！母亲带来了一篮子井水泡过的李子，凉津津的。母亲说，吃吧，妞儿，这是咱家院子里的李子，你小时候最爱吃！

热嗓子，凉李子，最易哑嗓。

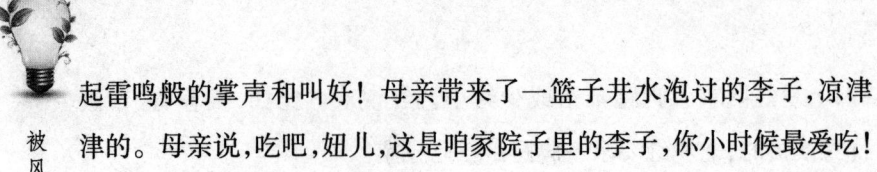

一脚蹬再没吃过。

粉芍药

○程宪涛

吉林大熊岭胡子成功绑了柳红的红票儿。

张财主三姨太柳红平素大门不出二门不迈,张家七八条长枪土炮守住四座炮台,人们只能远远望见柳红窈窕的影子。传说中柳红是天上掉下的仙女,引诱百姓多看一眼张家阴森的门楼,而心怀叵测的胡子们则蠢蠢欲动。那日,镇子里来了蹦蹦班子,打通的锣鼓把镇子搅得热闹非凡。张财主本来找戏班子在自家唱"子孙窑",但是三姨太不听从张财主的劝说,执意要去镇中的场院看屯场的热闹。张财主也是一时存在侥幸心理,想着天高地阔浩浩明月朗朗乾坤,如何能发生公然劫掠的事件,也是千叮咛万嘱咐谨慎小心,派了两名强壮的家丁左右跟随,全力保护三姨太柳红的安全。

当晚,大辽河的戏班子唱了三出戏:《燕青打擂》《劈山救母》《武松打虎》。拿单的小清河把戏单送到柳红手里,柳红就没有把戏单传给别人,没有"上让"或者"下让"过,而且把大把的银圆撒上戏台子。银圆在月光下就像银鱼儿翻滚,赢得台上台下阵阵喝彩。台上的一阵风和粉蝴蝶心照不宣,不断地在戏份中"加篇"。"加篇"就是在戏文中填充戏份,就是在戏中"节外生枝",使内容愈加丰富多彩引人入胜。这就把一出《燕青打擂》拖延到下半夜。也是大熊岭大当家的一啸天看戏入迷,提前行动恐怕中断了精彩演出,差点儿忘了此次下山的目的。精彩之处众人正全神贯注,戏中的燕青刚刚跃上擂台,两个家丁一阵掌声和叫好过后,发现身前的三姨太不见了影子,四下撒眸发现灯光与黑暗交接处,三姨太柳红的影子一晃而过,家丁一通歇斯底里的大呼小叫,整个场院如炸了营的马蜂窝般乱了。两个胡子受命趁乱向戏台撒了两把银圆,高喊:这是大当家的一啸天送的酬金。

张财主找来黑白两道的中间人传话,张家愿意出银子赎票。一啸天道,俺要你万贯家财千亩良田。来人显然有赎金的底线,道,张财主只愿意出两百块大洋。柳红听罢摇头叹息垂泪。一啸天朗声笑道,给俺全部家当俺都不干,俺只要柳红留下入伙儿。

不过一啸天只是高兴了半截儿,柳红被抢上山后整日愁眉苦脸,好端端画儿一样的美人好不受看,把个大当家的心情搅得乱七八糟,当天还随手打了两个亲随喽。山上众多胡子赶紧找来师爷想辙。师爷指令伙夫蒸了熊掌煮了飞龙,又让属下采了野芍药花儿送来,柳红依然石块儿一样毫无所动,胡子们的献媚只是一阵轻飘飘的山风。当日参与绑票的一个喽前来献计,说,当晚柳红看戏时笑个不停,有两次笑得弯下了细腰,就像风吹过柳枝儿,三次抿着嘴儿悄悄乐,就像未开的芍药花。大当家的一啸天横了这个喽一眼,道,你眼睛长了钉子了,不是让你树下望风的吗?擅离职守打二十板子,吓得这个喽浑身哆嗦退下。一啸天道,麻溜找戏班子来唱戏,只要把柳红逗笑了,俺要重重酬谢。

胡子们喜好听水泊梁山好汉的戏。第一家拉上山的是安傻子戏班子,搭班唱戏的小金豆没有江湖经验,头码唱武戏就唱出"死"字犯了忌讳,被胡子吊在一棵老椴树横干上。这事儿传到陆续来的其他戏班子里,大家唱戏时都格外小心细致。艺人们使尽浑身解数展示绝活儿,也未能让柳红露出一丝笑容来。戏班子非但没有得到一文赏钱,还被砸碎了妆匣子锣鼓等物,一顿拳打脚踢后被关进了牛棚里。

一啸天问,绑票当晚唱戏的大辽河班子在哪里?咋不找来一阵风和粉蝴蝶唱戏。喽道,他们被张家关押起来,准备送到衙门里治罪。一啸天道,这也是咱最后抛撒的大洋弄巧成拙了。

正当无计可施之时,放哨喽进来禀报,大辽河戏班子一阵风、粉蝴蝶来了,要求给柳红唱蹦蹦。一啸天兴奋道,船到桥头自然直,车到山前必有路,麻溜先赏二十块大洋。

大辽河戏班子被关押起来后,听说胡子寻戏班子博柳红一笑。徒弟一阵风对看押的家丁说,转告东家俺去山上救回三姨太。张财主回话道,前脚放了你们,你们后脚就溜了,鱼儿入了大海,鸟儿进了山林,等着治你们通匪之罪吧。一阵风道,留下俺师傅等人在此等,让俺和粉蝴蝶上山救人,三天之后带三姨太回家。张财主道,带回三姨太证明清白,俺就放了你们师徒。

一阵风站在众胡子中间,冲大当家的一啸天抱拳,道,俺能把柳红逗笑,但要答应俺一个条件。

一啸天道,甭说一个条件,十个八个条件俺都应承。

一阵风道,大丈夫一言既出驷马难追。

一啸天道,行走江湖重的是信义二字。

一阵风和红蝴蝶唱的是《燕王扫北》。柳红果然露出了笑意,整个大熊岭都晴了天一样。

一出戏唱罢停歇的当儿,一阵风当着众人冲一啸天道,俺得罪大当家的了!一啸天朗声道,大丈夫一言九鼎!一阵风道,俺现在带柳红下山!

一阵风的要求出乎所有人的意料,众人目光都投向了一啸天,在一阵死一般的沉寂之后,一啸天哈哈大笑道,算你小子胆子大运气好,俺不能为女人毁坏了名声,但是俺也有一个条件。一阵风道,俺

艺人也是江湖中人。一啸天道,你要保证柳红每天都笑。

一阵风道,俺答应!

后来张财主的三姨太柳红成了旦角粉芍药,与一阵风唱一副架唱成了一块玉。

小 金 钟

○程宪涛

小金钟天分好嗓子担活儿,声音如金钟般洪亮悦耳。虫听了变蝶飞,鸟听了跟着鸣。一个老戏迷听了感叹,就像小金钟似的!从此江湖上艺名小金钟。

那时小金钟自觉名声不大,想立稳脚跟一鸣惊人,策划一场戏外戏。那次在吉林白城唱戏,小金钟私下请亲属点他的单,拿单的小清河报上戏名,冲戏台后高喊一声,赵先生点《梁赛金擀面》。这时小金钟没了踪影。大辽河四下撒眸寻找,观众在翘头伸脖张望。小金钟要的就是这效应,一是让师兄弟觉得缺他不可,二是引起百姓的关注。小金钟躲藏在茅房里偷偷乐。正准备姗姗来迟隆重出场,没有预料到半路杀出个二蛋子。

二蛋子是小金钟的师弟,拜师一年没有机会露脸。这是千载难逢的时候,二蛋子主动找到大辽河道,俺能唱!二蛋子雪中送炭危急时救场。大辽河怀疑道,你行吗?二蛋子道,俺私下学过《梁赛金擀面》。刻不容缓,大辽河道,放胆子唱!二蛋子嗯了一声,磨刀不误砍柴工,转身三下五除二化好装,锣鼓响处登台亮相,随即就是一个当头彩。小金钟眼睁睁看着师弟,有板有眼在甩胡胡腔儿。

俗语说,唱好唱,调难拿;调上来了,味难摸。二蛋子这两样都

有了。

……汉高祖斩白蛇一刀两断，两块面和在一块面上，一刀切一条金龙盘玉柱，二刀切二郎担山赶太阳，三刀切哪吒三太子，四刀切四马投唐小唐王，五刀切伍子胥打马沙江过，六刀切镇守三关杨六郎，七刀切天上下凡七仙女，八刀切八仙过海斗龙王，九刀切九里山韩信发兵将，十刀切十面埋伏困霸王……

二蛋子一下子成了气候，百姓让二蛋子连续翻码。翻码是重复唱同一出戏。只有百姓看重的艺人，才能偶尔返台翻码，这会致使其他艺人压板凳。小金钟偷鸡不成反蚀米，意外成全了二蛋子。小金钟哪样儿都好就是小气，大男人心里容不得人，无端与师弟滋生了仇隙。二蛋子却浑然不觉，对小金钟千恩万谢，若不是师兄意外缺阵，二蛋子如何能够露脸。二蛋子送一块手玉子酬谢，小金钟当然丝毫不领情。

小金钟私下给师弟使绊子，却被二蛋子巧妙化解。某次在公主岭唱戏时，二蛋子在台上唱得起劲儿，台下不知谁的棉袄烧着了，一阵烧棉花的味道冒出来，观众跳起来拍打棉袄，场下顿时乱糟糟一片。二蛋子居然跳下台来，与百姓一块儿扑打，跳着跳着浪了起来，百姓也跟着浪起来，整个场子成了一台戏。小金钟偷偷丢了打火石，与百姓一块儿浪起来。事后大辽河道，这是把蹦蹦演活了，百姓今晚睡觉做梦都在浪。

二蛋子唱第三码戏，小金钟第二码登台。小金钟一百个不甘心。在吉林松原唱蹦蹦时，二蛋子上场唱《蓝桥》，偏偏找不到扇子了，二蛋子光着手登场，居然没有人注意到，二蛋子浪得一阵风似的。下场后大辽河感叹，没有扇子舞出扇子的味道，才是舞蹈的一种意境。二蛋子的名声陡增。大辽河请当地私塾先生，送给二蛋子艺名铁嗓子，虽然不及小金钟的响亮，师兄弟之间足以抗衡。

戏班子到辽源唱戏,半路上遭遇到一场大雪,师徒被封锁在荒山野岭。这里前不着村后不着店,天上地下白茫茫一片,分辨不清东南西北。大辽河担心迷路误入山里,原地歇息等待雪停。师徒们带的干粮吃净了,饿了抓一把雪团塞进嘴里,渴了含一把雪吞下去。大雪下了两天没有停止。大辽河道,俩人一伙儿往出口摸索着走,在树上做好标记认路,讨要到食物返回来集合。小金钟和二蛋子一组迎风走。

师兄弟俩人跋涉一个时辰,遇到了一户穷苦人家,俩人唱了一出戏,换了两碗高粱米粥,讨要了七八个高粱米团子,怀里揣着留给师傅们,葫芦里灌了一碗高粱米稀粥,预备俩人路上吃。趁二蛋子去解手的时候,小金钟把一撮耳蚕放进米粥里。传说人吃了耳蚕嗓子会哑。俩人急急忙忙往回赶路。雪愈来愈大愈来愈猛。临时歇息的时候,小金钟说,你把这碗米粥喝了吧,我刚才在人家家里吃饱了。二蛋子不肯吃,道,师兄你喝吧,俺还有力气。俩人转悠着迷路了。原来的记号寻不到了,俩人连滚带爬行了一段。二蛋子说,师兄你把米粥喝了吧,你脸色白了嘴唇紫了,喝了好有精神走出林子,要不咱俩都得完蛋。小金钟拼命摇头拒绝,恍惚之间滚下了山坡。

小金钟不知道何时醒来的,只是知道苏醒的时候,喉咙里有温润的感觉,二蛋子把怀里暖过的米粥,一口口送到他的嘴里,一碗米粥喝下了小半儿。小金钟挣扎着坐起来,泪水顺着脸颊流下来,他一把捧过温热的葫芦,仰脖把米粥倒进嘴里,二蛋子看得目瞪口呆。这时顺风传来敲击枯木的声音,这是深山迷路人的联络方式。

小金钟的嗓子真的哑了,只在彩桌子旁弹三弦儿。观众点单让小金钟唱戏,小金钟只是呆呆地看着。大辽河叹息,一个跟头就把嗓子摔哑了。

秦腔吼起来

○张格娟

在秦水岭村,方圆几百个村落,没有人认识县长乡长不要紧,可不认识秦天奇,那会被人传为笑柄的。

秦天奇何许人也?

秦天奇,说白了也就是一个民间的戏子,一个走乡串户演皮影戏、吼秦腔的艺人。

说着说着,秦天奇也老了,还是先说秦天奇的女儿香伶吧。

那个寒冷的冬天,天刚蒙蒙亮,十六岁的香伶就开始在院子里偷偷练功了,一阵子盘腿打坐,她的汗水顺着脸颊流了下来,可她不怕累,依然在刻苦练习着秦腔里的仰卧、跪地。

香伶正练到火候时,西屋里传来了老爹急促的咳嗽声。她翻身跃起,急步跑到父亲炕头前。她不想让父亲知道自己在偷偷地习练秦腔。

秦天奇看到女儿绯红的小脸,喘着粗气问道:"香伶啊……你……你这么早在院子中踢踢踏踏做什么呢?"

香伶躲闪着父亲的目光说:"爹,我在侍弄花草呢。"老爹爱怜地拉过香伶的手说:"闺女啊,怨爹没本事,唱了一辈子秦腔,演了一辈子戏,到头来仍然是一个高级叫花子。去学一门手艺,千万别学你爹

去演戏啊!"香伶流着眼泪没有言语。

说句掏心窝子的话,爹演了一辈子秦腔皮影,日子却过得相当凄苦。直落到如今病入膏肓了,也没钱医治。当年,爹的皮影戏班,吼着秦腔辗转南北,曾经名噪一时,威震八方啊。

可是,香伶两岁时,娘受不了日子的清苦,扔下香伶和吼秦腔的爹,跟一个南方养蜂人走了。可怜的香伶,从小跟随着爹,爹走到哪儿她跟到哪儿,就这样东家一口粥西家一粒米的,她吃着百家饭长大了。

自从娘走后,慢慢长大了的香伶,几次三番地让爹教自己唱戏,爹都不肯。爹说了,闺女,爹吼秦腔已经走火入魔了,不能再让你受这份罪了,干点别的吧。

香伶没有听爹的话。爹在演戏时,香伶就趴在后台看,她好像从小就有演戏的天分和灵气。一样的台词,刚学戏的演员都要十遍八遍地记,香伶却能脱口而出。她总是趁爹不注意时学习,一招一式,蛮有大将风度。

爹临走前,眼睛仍然盯着炕头的两只大箱子,那里面是爹的全部家当——皮影人。爹说,将它捐赠给县文化馆吧。爹一辈子都生活在民间,捐了,爹也心安了。

爹走后,香伶赶着驴,将两只大箱子送到县文化馆。文化馆的老师怜惜地说:"闺女,秦老前辈是我们秦腔艺术界的一朵奇葩,他临走时还有什么要求吗?有什么要求,你尽管提,我们一定满足你。"

香伶说:"我只有一个愿望,我想进县剧团吼秦腔。"

老师面露难色地说:"闺女,秦腔艺人的路艰辛啊。"

香伶斩钉截铁地回答:"再难我也要走,我爹走了一辈子,我要继续走下去,我忘不了爹临走前望着箱子不忍的眼神。"

老师说:"那明天来团里考核吧。"

考核中,在场的老艺术家们都认为,这个小巧玲珑的姑娘,准是"闺阁旦"的好角儿。谁知,灵秀的香伶一声大吼,"王朝马汉喊一声,包相爷手下不留情……"高亢激越的唱腔,吼得地动山摇。激昂的旋律在台上响起时,台下的评委们个个惊呆了,大家都拍手叫绝。这样,香伶的吼秦腔生涯便拉开了序幕。

生活中的香伶,总是生活在戏中,有时候她自己也搞不明白,是自己在台上演绎生活呢,还是在生活中将戏剧演绎呢?

女儿生下来刚三天,本来正是静养的时候,香伶却开始在家中吼秦腔了,一天不吼,她喉咙就发痒。

孩子刚满月,香伶不顾老公的劝阻,毅然走上了秦腔舞台。穿起了黑蟒袍,戴起了长须,将一个黑脸包公演绎得栩栩如生,活灵活现。在台上激情洋溢的香伶,做梦也没有想到,回到家时,老公却和别人在家谈一场交易。

香伶发怒了,几次三番劝老公,那种钱是不能拿的,可老公非但没有听她的,还痛骂她穷戏子。香伶没有言语,她清楚,生活中的她只有走进戏里,才能忘却诸多不快乐。

如今,这种不快乐已经像毒蛇一样吞噬着她的心。她不能容忍剧里剧外自己的双重性格,她在矛盾中徘徊着。

一向将包公演得活灵活现的她,突然间却像一把断了弦的二胡,发出了呜呜的声音。一上台,香伶脑海里总是出现老公将那笔希望工程款装进自己口袋中的那副贪婪的面孔。

香伶演砸了,台下一片喝倒彩的声音。从此,香伶拒绝饰演包公,她觉得自己不配。

香伶做了生活中的包拯。她一纸诉状,将老公送入了监狱。香伶又何尝不知道,将老公送进监狱,意味着她和女儿要受苦的。可她必须这样做,她要让戏中的她和戏外的她融为一体。她不后悔自己

的选择。

重新上台后的香伶,奇迹般地又开始演包公了,而且比以前演得更形象,更生动。

夜深人静时,香伶望着灯光下酣睡的女儿,轻轻地说,女儿啊,长大了当一个好妻子吧,别再像娘一样吼秦腔了,娘已经离不开秦腔了。

可她又怎么能知道,女儿会不会是另外一个自己呢?

被风吹走的夏天

侯 三

○张国平

剧团解散时,大家都心情沉重,女演员们掩面哭泣,男演员也多半躲在墙角抽闷烟,眼窝湿湿的。可侯三没哭,也不能哭。侯三演的是武生,都是铁打的角色。男儿有泪不轻弹,更何况英雄豪杰。

就不信茄秧上能吊死人!侯三发出一声感慨。侯三出门时拿走了一把刀,那把道具刀已陪伴他多年,每次提刀登台侯三便豪气满怀。侯三舍不下那把刀。

枝头的枯叶半死不活,秋天的气息已很浓了。侯三看渐渐远离了剧团,心里顿时虚了,虚得如团棉花。其实侯三对未来也心里没底儿。

剧团虽属二流,演员们待遇也不高,但有它在毕竟是个寄托,现在突然散了,便仿佛一座靠山蓦然坍塌了。

侯三的老婆是一家超市的财务主管,自从她由收银员升为财务主管后,就常常对侯三横挑鼻子竖挑眼。剧团解散的事让她知道了,准又一阵狗血喷头。家不能回,侯三来到濮水河岸的草地上一躺,捧着刀唉声叹气。

太阳少气无力斜到西天,侯三挥刀砍了一阵树枝才慢慢把气消了。剧团解散的事女人迟早会知道,得尽快找份工作,这样才能堵住

她的嘴。理清了思路，侯三提刀回家。

哟，长出息了，想杀人呀？老婆看到侯三手里那把明晃晃的刀，口气里满是不屑。

我的姑奶奶，借八个胆我也不敢动你一指头啊。侯三说，刚接了一个新角色，拿回家练练。

练个屁！你看看你，有蹬三轮的挣钱多不？侯三被老婆一下噎住了。每提到钱，侯三便像漏气的皮球，再没有舞台上那份豪情。

去招聘市场，侯三看到一块牌子，顿时兴奋了，牌子上写着：招聘保安。可人家不要侯三，说是专接收下岗职工。侯三的剧团虽不算草班，但也没有编制，侯三没有下岗证。侯三灵机一动说，我是唱武生的，会翻跟头。侯三便一阵前空翻又一阵后空翻，将跟头翻得如旋风。人家还是摇头，上面有政策，我们说了不算哪。侯三没辙了，一脸惆怅。

这时有人拍了他一掌，侯三回头看到一个很阔的人正对他微笑。那人问，找工作？侯三点头。那人说，除了跟头你还会什么？侯三说，会武功。那人说，耍一套看看。侯三便打了一套拳，虎虎生风。

那人赞许，很好的内家拳，不知是哪路拳法？侯三说，梅花拳。那人便说，就跟我干吧。不过是试用，试用期内这个数。那人伸两个指头。

二百元？太少了。侯三说。那人说，不是二百，是两千。那人见侯三吃惊得张大了嘴巴，就说，过了试用期，就是这个数。那人伸出一个巴掌。侯三做梦也想不到会有这么优厚的待遇，笑得嘴角咧到了耳朵上。于是那人便成了侯三的老板。

老板让侯三当保镖，只站在门外，屁事没有。侯三见进出的人都很神秘，插嘴问，咱公司做啥生意？老板脸一沉说，别不懂规矩。在这里要有眼也无眼，有嘴也无嘴。该看的看，不该看的不看。该问的问,不该问的别问。

侯三忙说,老板,我记住了。

有天老板让侯三坐他的车办事,还没到地方便被人截住,侯三迷迷糊糊被几个彪形大汉绑架了。侯三虽有些功夫,但恶虎难抵群狼,被推进黑乎乎的地窖。他们问,你们老板住哪里?怎么联系?侯三被打得遍体鳞伤。遭人盘问,侯三的嘴上像贴了封条,一个字也不说。反复多次,侯三死去活来,愣是没吐一个字。那帮人恼羞成怒,将侯三关在地窖里,一连三天不给饭吃也不给水喝。地窖里阴冷潮湿,侯三昏死过去。

侯三看到地窖口闪进一道亮光,朦胧中下来一个人。侯三吃惊,下来的是老板。侯三胆怯地说,你也被抓了?不是我说出去的。老板笑了,说,你小子够意思,安心养伤吧。侯三问,你怎么知道我被藏在这儿?老板说,以后你就明白了。

只是些皮肉之伤,侯三几天便好了。那天侯三突然看到一个绑架他的人,才明白,原来是老板考验他。妈的!侯三咽了口唾沫。

一天老板问,你表现很好,有什么困难需要我解决?侯三便说,家有老母一人独居。老板说,请来嘛。侯三苦笑,老婆不孝顺,不让老人来。老板脸一沉说,休了她。侯三说,我哪敢啊。

看你那点出息。老板说,这好办,等你试用期满,安排套房子,把老人接来住。侯三没想到老板这么仁慈,感激得差点跪下。

这天侯三陪老板出门,老板一脚踏坏了一卖艺盲人的二胡。盲人死抱住老板的腿不放,非让老板赔。老板很没面子,对侯三吼,踢翻他!侯三见盲人可怜,便掏钱,却被老板打掉在地上。老板说,我是随便赔钱的人?踢翻他!一分钱也不给。侯三犹豫着不肯动手。

老板失望地过来拍侯三的肩膀,又掏出一沓钱说,你可以走了。为什么?侯三吃惊。老板说,你考试不合格。这就让我走?侯三不

肯。老板把钱一塞说,拿钱走人。

　　妈的。侯三接过钱朝盲人走去。侯三把钱塞在盲人衣兜里,拍着他的肩膀说,伙计,拿着。

　　侯三转身离去,头仰得老高。

女 武 生

○在水一方

红颜长得俊,命却不济,因家穷九岁就被送到乡里一户人家做了童养媳。

童养媳在婆家本就是个受气的主儿,红颜的婆婆又非同一般的恶。缺吃少穿,挨打受骂,在红颜便成了家常便饭。

那时节,每年春秋两季,乡里都来戏班子。每有戏班子来,红颜就像着了魔。婆婆不让看,她便找种种借口溜出去。哪怕回来挨顿打,只要看上戏,红颜的心里便是甜的。

一般小女孩看戏,都喜欢看那些穿红着绿的花旦、彩衫。那些小姐、娘子,咿咿呀呀,扭扭捏捏,在台上飘来转去,常惹得那些活泼俏皮的女孩子在戏散场后装模作样地学。红颜不喜欢那些。她喜欢武生。喜欢《长坂坡》里的赵云,披盔戴甲,足蹬厚底靴,身后五彩靠旗飘飘洒洒,手里拿一柄红缨长枪,那叫一个好看;也喜欢那些有关武松的戏,戏里的武松穿短衣裤,用短武器,打起来从不拖泥带水,看起来那叫干净利落。

红颜看戏,也偷偷在私底下学戏。十一二岁的小丫头,站在戏台底下,将台上演员四功五法努力往小脑瓜子里塞,回头找一个无人的旷野,一根野柴棍当兵器,天为席,地为幕,嘿嘿哈哈,呀呀哇哇,好一

个英姿飒爽的小武生也。

红颜揣着自己悄悄学来的本事,去找戏班子的班主。她想跟他们学戏,学武生戏。戏班班主一看,小丫头长相好,嗓子亮,又聪明伶俐,身手敏捷,还真是学武生的好料。加之那时戏班子里还没有女武生这一行当,班主几乎不假思索就同意了红颜的请求。

红颜私自去找戏班要去学戏的消息,在婆家却不亚于十几级的台风刮起。公婆气得要死,急急召来家中族人,要跟戏班打官司。戏班一看麻烦大了,只得忍痛割爱,把红颜给辞了。

红颜却再也没心思待在婆婆家,她找个机会溜了,一边讨饭一边继续寻找戏班子。

红颜到底还是做了一名她喜欢的女武生。

十八岁时,红颜已是梨园舞台上远近闻名的女武生。她的武生戏,刚中带柔,柔中见刚,文武相济,较一般男武生的戏更多几分飘逸精彩。俗话说人怕出名猪怕壮,尤其像红颜这样的女戏子。很快,红颜就被一土财主相中,土财主三番五次找人前去,欲娶红颜为小妾。

才脱狼窝,岂可再入虎口!红颜的回答,让前去的人恼羞成怒。

求亲不成,便想法强娶。有一次,戏刚开场,红颜才掀开门帘站到台上还没来得及亮个相,一边胡琴的过门儿已拉起来了。红颜心下一慌,一时就把背得滚瓜烂熟的台词给忘记了。这时,就听台下有人高声喊:忘了词了,砸她!"噼里啪啦",茶碗、果盘,一齐向台上飞来。红颜左躲右闪,额角还是被飞来的一块瓷片给划破了,殷红的血顺着她的眼角流下来。

是那个财大气粗的土财主干的。见手下人闹得差不多了,他倒背着双手,踱着方步,走上舞台,乜斜着眼走到红颜面前:怎么样?嫁?还是不嫁?

不嫁!若要我嫁你,我立即就死在你面前!说时迟那时快,红颜说这话时,一把寒光闪闪的长剑已架到自己的脖子上。土财主当即吓傻了,他欲强娶,却不想她死。他知道红颜的脾气,她说得到做得到。

那年春天,红颜把自己风风光光地嫁了,嫁给戏班一位叫李麻子的杂役。李麻子小时生天花,好端端一张脸变成了麻坑地,可他懂戏,爱戏。红颜刚进戏班时,因为她曾经的身份,师哥师姐们都瞧不上她,只有李麻子,不声不吭在一边,给她提茶送水,私下里还指点她练武唱戏。

人都说红颜眼光有问题,找了李麻子。红颜每每都回得响亮彻底:我爱李麻子!

红颜已怀有八个多月的身孕,本不应该再上台演出。可那一年,戏班子的生计尤其艰辛,班主找到她,说:全戏班上上下下几十口子人,可就指着你哪,你不上台,戏票卖不出去,你看……

一向好脾气的李麻子,头一次冲班主发了火:你们还有点人性没有?!红颜,你不能上台……

红颜为难地回头,去寻身后那些兄弟姊妹的眼睛。那些素日里对红颜和颜悦色的一张张脸,全都默默地转到一边去,不看红颜。

红颜冲男人深深一拜,跟着班主进了化装间。

那天的戏,红颜扮短打武生,要连打四五十个"旋子"再来几十个"小翻",这些动作,搁平时,红颜是手到擒来,那天的她,却几乎是拼了命在做。台下观众不晓得内情,看红颜旋转翻腾,喝彩声响成一片。只有台旁的李麻子,心已揪作一团,手上提把茶壶,壶盖碰得壶身叮当乱响,壶里的水洒了一地……

红颜咬着牙把那天的戏唱完。彼时,戏台上已是血迹斑斑……

红颜小产,也从此永远地断送了她做母亲的机会。

红颜和李麻子是在那场戏后,悄然离开戏班子的。

有后来人说,曾在某乡村路旁见到过他们,夫妻二人,摆一茶摊儿,热情招呼路人,满面春风;也有人说,邻县来了一对穷苦的卖艺夫妻,男拉二胡,女唱戏,女的极像红颜……

女武生

被风吹走的夏天

小戏迷

○在水一方

　　离小海家不远的城南游艺园,是小海最爱去的地方。在小海的眼里,那地方就像他手中玩的万花筒,随便怎么转都能看到不同的风景。洋戏法、杂耍、京剧、电影、茶座,卖冰糖葫芦等各种小吃的,卖小泥人儿等各种好玩艺儿的,真是应有尽有。

　　小海独对京剧最感兴趣。每次到游艺园,小海在人群里钻来钻去,一眨眼儿的工夫就站在戏园子的一个角落里津津有味儿地看上了。小孩子小,跟在那些看戏的大人后面,随便扯住一个人的衣襟就被带进去了。小海看戏,从来不用买票。

　　一来二去,戏园子的工作人员都认识他了,也不问他叫什么,见了面,只亲切地说声"小戏迷又来了"。久而久之,小海的真名倒慢慢被人淡忘。

　　小戏迷在戏园子里看过戏,回头是一定要演给家里人看的。家里兄弟姐妹多,慢慢也都被小戏迷感染,跟着爱上京剧。他们都极配合这个小戏迷。小戏迷唱戏,哥哥给他念鼓点,姐姐在一边给他跑龙套。小戏迷想到哪就唱到哪,能唱几句算几句,边唱还边带上一些自己即兴加进去的动作,常把在一边给他念鼓点跑龙套的哥哥姐姐笑得进行不下去,却把旁边的母亲气坏了。一锅面条热了几遍都热成

糊糊了,还催不去吃饭的人。

"再不来吃就别吃啦!"母亲生气嚷道。

小戏迷这会儿才发觉自己的肚子已经咕咕叫,只见他弓左腿,绷右腿,半弯腰,对手抱拳,用力冲母亲喊道:"得……令!"跑着圆场到门口,左脚一踢身上的小大褂,用手抓住,迈过门槛儿进门吃饭。满脸怒气的母亲忍不住"扑哧"一下就笑了:"你不用美,赶明儿非送你去科班学戏不可!"小戏迷一听就乐了,拖着戏腔儿对母亲说:"啊——母亲——,您说到儿的心眼儿里去了——"

慢慢地,在家里已经满足不了小戏迷的表演欲,他开始跑出去找小伙伴演。可巧,隔壁院里也有一个爱戏的小男孩,跟小戏迷年纪相仿。两个人因戏成了形影不离的好朋友。一起去看戏,一起交流对戏的看法,回头再一起把看过的戏演出来。有次两个孩子一起演《收关胜》,小戏迷演抢大刀的关胜。戏中有一情节,关胜要一边甩髯口一边单腿往前蹦,小戏迷看舞台上的演员演得很轻松以为自己也能演好,可他又没练过功夫,没蹦两下就撑不住了。眼看就要摔倒,小戏迷赶紧用手扶地,不料想地上刚好有碎玻璃碴儿,一下子就把小戏迷的手给扎破了,鲜血直冒出来。小伙伴儿吓蒙了,站在那里完全把戏词忘记了,让小戏迷赶紧到医院去包扎。小戏迷那会儿正在兴头上呢,才不愿意去。他弯腰从地上抓把黄沙掩到伤口上,把血止住,回头咧咧嘴对小伴伴说:"继续演!这点小伤算什么!"

那天,小戏迷演完那出武戏回家时,整个人儿像遭了劫,衣服扣子掉了好几颗,口袋扯下了半截,鞋帮子张开了口,再看他自己,满脸的灰道子红道子。母亲看他像个泥猴子一样站在自己眼前,又是心疼又是气,扯过来就在他小屁股上打了几巴掌:"你就不能不作啊?唱戏就有那么好啊?"

是啊,唱戏有什么好啊?你看街上那个花子旦喜欢了半辈子戏

仍然成了花子。可小戏迷就是喜欢,没办法。

小戏迷七岁,与他一起演戏的小伙伴被家里人送去科班学戏了。小戏迷不再念叨着去。看到那些与他同龄的孩子被师傅打得直哭,他发怵了。

小戏迷八岁了,与他一起演过戏的小伙伴已经能登台扮演娃娃生,能自食其力了。小戏迷的家里,在那一年接二连三发生变故。先是拉洋车的父亲一病不起,紧接着一直给人绣花洗衣的姐姐也身染重病撒手而去。哥哥在外读书,家里的担子一下子就落到母亲的肩上。

小戏迷跟母亲提出去科班学戏。他说:"师傅都说我是块演戏的好坯子呢。"

关书拿出,一签七年。关书上写,七年里衣食由科班提供,所得戏份悉归师傅所有,七年期间不得回家,私逃严打,死生由命……母亲在关书上签字时,手抖得几乎写不下去。

母亲送小戏迷到科班去。科班门口,小戏迷自己拿着行李、契约,冲母亲摆摆手就走进院门。院子尽头是一影壁墙,小戏迷要转过那道墙时,忍不住回头看了一眼大门外的母亲——母亲正不断地用手擦眼睛。小戏迷的鼻子蓦然一酸,他赶紧转过影壁墙,才腾出一只小手儿把眼角的泪痕抹去……

小戏迷的童年,从那一天结束。

小戏迷后来成为一名架子花脸名角儿。

匪 兵 甲

○周海亮

匪兵甲不是匪兵,他是匪兵甲。他在戏园子跑龙套,扮成匪兵甲或者群众乙。大多情况下,他的台词只有一个字:是!这个字被他磨炼得字正腔圆,气吞如虎。

他本来是演主角的。那时他是戏园子的头牌,一招一式,英俊逼人。台下就有女人粉了腮,好像躲到哪里,都有他在面前晃啊晃的。那两道剑眉高高挑起,那一双朗目皎皎如月。还有发青的刀削般的下巴。还有挺拔的雄鹿似的身姿。那时的他,让镇子里多情的女人们,脸红心跳,神魂颠倒。

可他还是从头牌变成匪兵甲。因为小武。因为一匹马。

小武是老板的儿子。他看着小武长大。他给年幼的小武当马骑,脖子上套了七彩的缰绳。一次小武让他站着睡觉,理由是这样才像真正的马,他就真的站了一夜。小武越长越大,越来越聪明。老板本想送小武出国读书,可他竟迷上了唱戏。小武学戏,不用拜师,就坐在台下看。看了几次,竟也唱得有板有眼。那时小武的嗓音开始变粗,下巴上长出淡青色细细的绒毛。那时小武的个头,已经挨到了他的肩膀。他冲小武笑。他说,这样唱下去,用不了几天,你就是头牌了。小武也笑,一双眼睛盯着他,饶有兴趣地闪。老板说还是读书好,都民国了……再说戏园子有一个头牌就行了。他和小武一齐点头。戏园子有一个头牌就行了,他和小武都理解这句话的深刻。

春天他和小武去郊外骑马。他对小武说,让你骑一回真正的马。两匹马,一红一白,同样喷着响鼻,同样健硕高大。上午他和小武并驾齐驱,他骑白马,小武骑红马。到下午,两人换了马展开比赛。两匹马像两道闪电往前冲,红的闪电和白的闪电缠绕在一起,将田野刺出一条含糊不清的裂隙。突然他的马摔倒了。一条前腿先一软,然后两条前腿一齐跪倒在地。马绝望地蹬踢着强壮的后腿,试图控制身体的平衡,可它还是重重地把身体砸在地上。小武的马从旁边跃过去,他听到小武的嘴里发出一连串兴奋畅快的呼哨。马把他压到身下,压断他一条腿。

他想怎么会这样?他想被摔断腿的,怎么不是小武?中午时,他明明拔掉了白马蹄掌上的一颗蹄钉。

他的腿终于没能好起来。他把路走得一瘸一拐。自然,小武取代了头牌的位置。小武也有一双皎皎如月的眼睛,也有雄鹿似挺拔的身姿。小武成为镇上新的偶像。他让女人们为他神魂颠倒。

于是他成了匪兵甲。戏园子的老板照顾他,留下他跑龙套。他不会干别的,只会唱戏。匪兵甲他也演,虽然只有一句台词。他啪一个立正,喊,是!字正腔圆,气吞如虎。时间久了,戏迷们不再叫他名字,直接喊他匪兵甲。

几年以后,连绵的战火烧到了小镇。兵荒马乱的年月,戏园子逐渐冷清下来。老板开始减人。他减掉一个青衣,又减掉一个熨戏服的帮工。现在老板亲自操起熨斗,那熨斗把他的身子拉成弯月。他说老板,我不想唱戏了。老板说不唱戏你干什么?他说干什么都行,反正我要走了。老板看着他,就流了泪。老板说我也是没有办法啊。他说不关您的事,是我不想唱戏了。

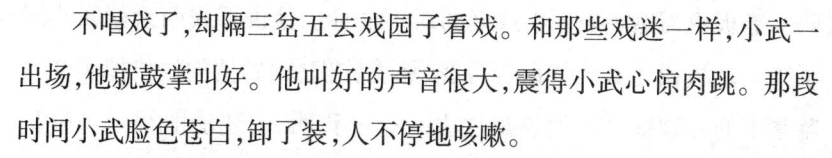

不唱戏了，却隔三岔五去戏园子看戏。和那些戏迷一样，小武一出场，他就鼓掌叫好。他叫好的声音很大，震得小武心惊肉跳。那段时间小武脸色苍白，卸了装，人不停地咳嗽。

小武终于病倒。他躺在床上，笑一下，吐一口血。老板请了最好的郎中，可他还是一天天消瘦，仿佛只剩一口气。小武以前就脸色苍白。小武以前就经常咳嗽。没人把这当回事，包括小武自己。郎中一边写着药方，一边轻轻地摇头。郎中的表情让小武和老板有一种无力回天的绝望。

老板把熬剩的药渣倒在戏园子门前。他坐在窗口，愁容满面地等待。小镇的风俗，得了重症的人，都会把药渣倒在街上让行人踩。那药渣被踩得越狠，病就会好得越快。据说，那病会转移到踩药渣的行人身上。不管有没有道理，小镇上的人都信。可是现在戏园子没有头牌了，来看戏的人就非常少。稀稀落落几个戏迷来了，见了门口的药渣，要么掉头便走，要么捂鼻子皱眉毛，从旁边小心地绕过。没有人踩上去，包括那些看见小武就脸红的女人。锣鼓寂寞地敲起来了，坐在窗口的老板，眼光一点一点地黯淡。

突然老板看到了匪兵甲。他瘸着一条腿，慢慢走来。他看到门口的药渣，飞快地愣了一下。他蹲在地上，细细研究一番。然后他站起来，坚定地从药渣上踏过去。踏过去，再踏回来，再踏过去。如此三圈，每一步都跺着脚，激起干燥的尘烟和奇异的药味。他流下悲伤的眼泪。那眼泪混浊不堪，恣意地淌。

那以后，他天天来戏园子看戏，天天在新鲜的药渣上跺脚。可是他终没将小武救活。两个月后，病床上的小武在忽远忽近的敲鼓声中痛苦地死去。

老板请他喝酒。老板说小武对不住你。他说我对不住小武才对……现在戏园子需要人手吗？老板说需要。你肯回来？他说您肯要吗？老板说当然要……小武真的对不住你。他说那我明天就回戏园子来。老板说小武临终前告诉我，那次你们骑马，他偷偷拔掉了红马蹄掌上的一颗铁钉。他说都过去了……我明天，还演匪兵甲……我以后，只演匪兵甲。老板说你会原谅他的，是吗？

　　他喝下一碗烧酒，辣出泪。他抬起头，说，是！声音从丹田发出，字正腔圆，气吞如虎。

麻红脸

○赵明宇

大平调属北方梆子戏,大锣大钹铿铿锵锵,演员赤着胳膊,在舞台上虎步流星,上蹿下跳,笨拙、原始又慷慨激昂。常常是演员极度夸大的动作,伴着激烈的锣鼓声一起骤然停止,继而笙乐琴韵渐起,便会有一段奔放的唱腔,看着舒服,听起来过瘾。

以前在农村没有电灯照明,舞台前方挂一块棉絮,浸油,点燃了,火苗子被风吹得东倒西歪,还不时有人擎着盛了油的盆子去加油。没有电,全凭演员的一副好嗓子,不仅吐字清晰,还要声音洪亮。

麻红脸就有一副好嗓子。

麻红脸在舞台上一亮相,不由得你不鼓掌。那韵律水一样从他的嘴唇之间流淌出来,高亢中夹杂着缠绵,细密中掺杂着爆裂,飞珠溅玉,婉转而流畅。在元城民间,便有"看麻红脸一场戏,三个月不生气"之说。

麻红脸是艺名,真名很少有人知晓。麻红脸五岁的时候害过天花,落下满脸大麻子,坑坑洼洼,像是被鸡叨过的西瓜皮。按说,这副长相跟演员无缘了。十一岁那年,他挎着竹篮子在戏园子里卖焦烧饼,喊一嗓子"烧饼———焦哩",声如裂帛,嘹亮得赛过了舞台上唱得正酣的须生。

须生是剧团的团长,来不及卸装就下台,在人群中寻找麻红脸。团长把麻红脸领到后台说,你跟着我学唱戏吧,有你的吃喝。

麻红脸的爹娘死活不同意。团长跟麻红脸说,你每天的烧饼,我全买了,你就跟着我学唱戏。

真是天生一副好嗓子!而且记忆力惊人。几天下来,麻红脸学会了七八段,爹娘也不再拦着了。团长正式收麻红脸为徒。

麻红脸肯吃苦,唱腔行云流水,表演洒脱自然,扮红脸堪称一绝。因为一脸大麻子,也就有了"麻红脸"的艺名。尤其是演赵匡胤,《斩黄袍》《哭头》是他的拿手戏,红遍了冀南豫北。

风雨几十年,大人孩子,哪个不晓得麻红脸?

我认识麻红脸的时候,他已经四十多岁了。我们镇上搞活动,要我联系麻红脸的戏来助兴。正好有几个村子过庙会,为争抢麻红脸闹得面红耳赤,不仅从价钱上相互排挤,像竞拍一样出高价,而且发生了械斗。后来麻红脸亲自出面调和,按抓阄顺序排着来,一个台口唱三天,这场争持才算平息。

根据抓阄结果,我和麻红脸达成协议,先在我们镇上演出,然后再去张庄和吴庄。我带车去接麻红脸的时候,遇到了大麻烦。

麻红脸的嗓子哑了。会不会是倒嗓?演员一旦倒嗓就意味着戏曲生涯的终结。麻红脸让我带着他去了县医院。医生检查一番,又让去市医院。我感觉不妙,麻红脸的家人也害怕了,正好我有个朋友在市医院,就和他们一起去了市里。

检查过了,不是倒嗓,比倒嗓还要厉害,是喉癌。

我们悄悄商量给他办理入院手续的时候,尽管声音很小,还是让麻红脸听到了。他说,你们也不要瞒着我,大不了一死,没有什么可怕的。可是我现在还不能住院,要尽快找个医生帮我恢复嗓子,把这几场戏演下来,大家还等着看我的戏呢。

我的眼里盈满了泪,他的家人也呜呜咽咽,麻红脸倒安慰起我们来了。

我们找到了元城名医殷大夫。殷大夫说,倒是有个方子能暂时恢复嗓子,不过全是激素,不能长期吃,维持三五天可以,否则就错过了最佳治疗时期。

靠着这几副中药,麻红脸硬是坚持了十多天,把达成协议的几个台口演出一遍。台下热烈鼓掌,台上唱得酣畅,我们在后台悄悄流泪。

最后一场演出,麻红脸卸了装说,好了,现在好了,总算没有遗憾了,明天去医院吧。

怪　伶

○艾晓雨

某次王公的堂会，他随唱戏的舅舅一起前往。

那年，他也不过五六岁的顽童，只觉得舞台上来来往往的黑白胡子老头儿好玩，并未谙戏的妙处。但他崇拜舅舅，觉得舅舅是天底下唱戏唱得最好的人。

他崇拜有加的舅舅在那次的堂会上却受到在他看来最严重的羞辱——唱到半道，竟然被人公然从台上轰下来。舅舅返家，气得吐血，躺在榻上半月才能下地。小小年纪的他，第一次体味人世悲凉——不是舅舅技不如人，是那些看戏听戏的人根本就不曾把戏台上的舅舅当作人看。

他发下誓言：要唱戏，要唱连皇帝老儿都舍不下的好听的戏。

心底埋着一种远大的志向，学起戏来就格外用力。师傅在前面"幺、二、三，走，转……"喊口号教，他已经在心里把那套动作全记在心里。师傅教完，让大他几岁的师哥先来示范，师哥也像师傅那样喊着口号做，做到一半做不下去，把动作忘了。师哥红着脸退到一边，他不慌不忙地站出来："幺、二、三，走，转……"口中念念有词，脚下步法丝毫不乱。

师傅大惊，问他何以记得如此准确又快捷。他说："这有何难，我不过把师傅所教的动作先掰开揉碎——记住之后再合起来……"

十六岁,他再次跟着舅舅去赴某王公家的堂会。那一次,舞台上的主角换成了他。唱的是《文昭关》,他演老生伍子胥。老戏却发新凤声,舞台上的他,冠剑群豪,激昂慷慨,将戏中伍子胥身上的奇侠之气,演绎得淋漓尽致。台下两边,满是王公贵胄,不等他唱完,叫好声已经响成一片。

自此,他以老生戏名动京师。京师名流,凡有举办堂会者,无不恭恭敬敬前去请他。若是哪天他因故没能前往,满座客人,竟然都倍觉索然。

有人说他名气大了,脾气也大了。其实不然,自他走上梨园戏台的那天起,他就有自己的坚守。他唱老生,却只唱那些忠义节烈的爱国忠臣,伍子胥、岳飞、鲁肃、祢衡……戏台上的他,台风稳健大方,唱腔慷慨激昂,活脱脱那些良臣忠将再世,常让台下观众听得热血沸腾,恍惚以为穿越到前世直面戏里的古人。他觉得,唱戏,演戏,要的就是那种效果。像那类凭空臆造的历史戏,他坚决不演。那是对观众的误导,是对历史的不负责任。像《空城计》里的诸葛亮,他也不演,他觉得那不适合他的风格。

老生演戏,有一个怪癖,就是在他唱戏的过程中,台下观众不许抽烟,不许叫好儿。此条规矩不光是针对一般观众,就是皇帝老儿来了,也得乖乖遵守。常去听他戏的观众都知他的脾气,一进他的戏园,坐到他的台下,都自动把手头闲杂放诸一边,凝神静气,只等台上锣鼓歇,他的一折戏唱完,才敢疯狂叫好儿。曾有一新得势的权贵公子,不买他的账,看戏时故意点了手上长长的雪茄烟,向台上吐烟圈儿。那会儿,他才从帘后踱着方步走将出来,闻到台下飘上来的烟味儿,二话不说,转身回到后台,且让人放话出来,那天的演出取消。台下观众炸了窝,却不是针对老生,而是针对那位不识时务的权贵公子

的。公子哥儿禁不住众人的喝哄，灰溜溜逃出戏园。

自此以后，无人再敢触老生的雷。

老生戏好，戏德也好，服人服心。不出几年，他便广收门徒，成立了自己的戏班，做了班主。老生给弟子们定下极严苛的行规：不准私赴堂会，不准搞恶意竞争互相拆台，不准对外发表不利戏班发展的言论……条条框框儿极多，却无一个弟子不服。因为那个看似严肃的戏班儿里，还有着浓浓的温情在，那份温情，当然也是老生带来的。按梨园规矩，老生是班主也是台柱子，每出戏演完后，他拿最多的戏份儿钱。他却打破了那个行规，跟弟子们平起平坐，拿同样多的钱，有时甚至连要也不要，就把它让给那些家庭生活困难的弟子。一个堂堂班主，不穿绫罗绸缎，不坐宝马香车，常年一袭粗布蓝衣，仿若乡下清苦的教书先生。这样的班主，唯有老生。

老生一生脾性古怪，曾做出许许多多让人不解的事。比如，打破梨园严苛的等级制度，与弟子们同吃同住；比如，宁守清贫也不接收某些王公贵胄的堂会邀请；比如，国难当头之时他在台上唱得涕泪四流竟然奉劝台下观众不要再沉迷于戏不思救国……

因此种种，老生便得了一个"怪伶"的绰号。

老生做的最后一件让人费解的事，是把戏班班主的位置让给了自己的一名弟子，却让他的亲生儿子徒生感叹。

老生的儿子，从小随父学艺，也工老生，年纪轻轻就已俱角儿的风范。子承父业，于情于理，上上下下都说不出什么。老生却执意把班主的位置拱手交给一位天赋才情都远远在儿子之下的弟子。

儿子不解，心里憋着一股子气，却不敢说。老生倒是明明白白。

老生临终，把儿子叫到病榻前："我知道你觉得委屈……你比师兄，唱得好做得好，但你不懂，你在戏台上，求一个'美'字，你父亲唱戏，但求一个'真'。在这上面，你师兄比你做得好……三十年后，你

会比你师兄火……恐怕那时,台下观众都去追求一个'美'了……"

老生的预言成真。几十年后,老生的儿子唱得大红大紫,老生创办的戏班却早已风流云散。

被风吹走的夏天

男　旦

○艾晓雨

　　那天上午,他正坐在化装室里忙碌着化装,忽然就被一段京剧清唱深深地吸引了去。

　　是梅派的《贵妃醉酒》,声音从走廊尽头的排练厅里传过来。《贵妃醉酒》的唱段他不陌生,可那珠圆玉润又饱满深情的唱腔却是他从未听到过的——他们团里的那些女旦,万万唱不出那种味道。

　　恍惚片刻,他停了手里的活儿,悄然起身走向排练厅。顺着排练厅半掩的门,他看到了那位头发半白的老者。老者有五六十岁的样子,却是面红齿白,清瘦矍铄。那会儿,他正在给团里的几位女旦说戏,说的就是《贵妃醉酒》:"……海岛冰轮初转腾,见玉兔,玉兔哇又早东升……"

　　他呆呆地立在门外,看老者举手投足,无一处不蕴藉风流,听老者的唱词韵白,无一句不脆亮甜润。一团热热的流,如唱词里那轮冉冉升起的月,自心间缓缓地升腾起来,自胸腔至喉咙,自喉咙至鼻腔,最后又在他的双眸汇集,积聚成一片蒙蒙的雾气。雾气渐浓,他的泪落下来。他觉得自己前面的二十几年岁月全部都虚掷了。

　　他去找团长,说:"我想改行,工男旦。"

　　团长一听就急了:"好好的小生,去工男旦,瞎胡闹!"

团里死活不允。

老者在他们剧团给女演员们授课说戏，为了防止影响他，团里就将女演员们的上课地点由排练厅改到剧团的舞台上。团里有招儿，他能拆招儿，上课前事先悄悄攀到舞台上方的灯架子上，远远地跟着老者学。唱腔，扮相，一招一式，全都悄然记到心里去。

若不是那天他学得忘形，一下子从灯架子上失手摔下来，他的"偷戏"生涯可能还要持续。

那一"摔"，倒把他前方的路给摔得明朗了。剧团对他终于绝望，那位教戏的老者却是眼前灿亮——他走过多少地方教过多少弟子，愿意工男旦也适合工男旦的他是头一个。

自此，他拜老者为师，专心工男旦。

旧时男旦，练的多是童子功，他却是半道出家，二十多岁的堂堂男儿，一切从头再来。好在，他有以前做小生时练就的功底，唱念做打，样样精通，改工男旦，从技术上对他来说，也没有多大障碍。他也很珍惜这个来之不易的机会，课上跟着师傅一招一式地学，课下找来前辈的唱片、影像带反复观看揣摩。天生的艺术悟性加上后天的勤学苦练，他很快就在旦行里崭露头角。

旧日戏园子里的老主顾们都晓得，看戏就为看角儿看彩儿，有时看一出戏，就冲那个彩儿去。昔日梅兰芳大师出演《霸王别姬》，一段剑舞曾经迷倒了多少台下的戏迷。那两柄长剑也曾难倒多少想攻下这出戏的旦角，却唯独没有难倒他。锣鼓铿锵，男旦饰演的虞姬两剑在握，大王帐前闪转腾挪，长剑寒光闪闪，美人儿亦舞亦歌："……劝君王饮酒听虞歌，解君忧闷舞婆娑。嬴秦无道把江山破，英雄四路起干戈。自古常言不欺我，成败兴亡一刹那。宽心饮酒宝帐坐……"一段西皮二六唱罢，再加上手中两柄长剑不曾有片刻停歇，一般的旦角可能都会气喘吁吁。男旦却面不改色气不喘，声音里都听不出半丝颤音儿。台下观众看到此处，早已按捺不住满心的激动，却不敢鼓掌叫好，及至虞姬在台上拔出霸王的长剑血溅石榴裙，台下的观众已经疯狂……

一出《霸王别姬》让男旦一炮走红。最火的时候，他曾连演几十场，而台下观众场场爆满。那些观众多是冲着他去。

男旦终于实现了自己做旦角的梦想。他不再是当年那个小剧团的台柱子小生，他已是红极大江南北的著名男旦。

男旦却从来没有想到过，梦想实现之后还有比追求梦想的路上更多更密的荆棘。男旦遇到的最大的尴尬竟然是他的演技。他的演技太好，舞台上着了戏服的他，比女人更加风情万种，比女人更加倾国倾城。一场又一场的戏演下来，台下的观众为之颠倒倾狂，台下的女友却渐渐变了脸色。

女友开始跟他吵，让他改行——唱小生戏，唱流行歌，通俗，美声……以他的艺术天赋，哪一个都能让他走向荣誉与成功的巅峰。

他拒绝。

他只爱戏——爱舞台上的旦角戏。

女友最终拂袖而去。

男旦有些心痛，却不悔。他依旧孜孜不倦地沉浸在自己的艺术王国里，做舞台上的贵妃，戏里的虞姬——他还有最忠实于自己的观众。

然，最忠实于他的观众，最终也给了他无情一击。他在台上演戏时，他们在台下疯狂叫好，他走下舞台，他们就成了世俗的评判者：他啊……真男人谁能演得那么女人？

褒也？贬也？幸也？不幸？

那一道道意味深长的目光，最终还是让他苦笑着低下了头……

听赵瞎子说书

○马贵明

雪,一片一片,飘飘悠悠,如鹅毛般大。

我伏在炕里的窗台边,手里拿着一分钱硬币,用嘴在硬币上哈一口气然后摁在厚厚的玻璃的霜上。一枚又一枚,一排又一排,当窗上的那两块大玻璃印满了"钱"的时候,我就一枚枚从头数起一个八岁孩子的愉悦。

快响午了,娘在外屋做饭,整个厨房雾气腾腾,娘在雾气里走来走去。灶下的杏条正在燃烧,发出嘎巴嘎巴的脆响,并散出淡淡潮湿而清新的味道。味道和脆响从那宽大的门缝窜进里屋来。

这时,爹回来了。他跺了跺脚上的雪,摘下狗皮帽子,在右手上打了打说,赵瞎子来了。

是吗,几时开讲?娘问。

晚上六点。

我把脸贴在间壁墙的玻璃上,看娘正一下下往大铁锅边上贴包米面大饼子。

爹进到里屋时,我问谁是赵瞎子。爹说你忘了,去年来讲书说故事的那个人。

我好像有一点印象。

娘牵着我的手走进小队的磨房时,里边已有很多人,那个用大铁桶做的炉子几乎被烧红。棚顶的大梁下吊着一个很大的灯泡,贼亮,有些刺眼。娘寻一个粮食袋子坐下,我便无名地欢快起来,绕着大炉子转来转去。

人越来越多,整个屋子都叽叽喳喳。爹在那个角落里抽着呛人的旱烟。

队长来了,带进一股子凉气和酒气。他身后跟着走进两个人,前面那个人用一根木棍牵着后面那个人,我想后面那个人该是赵瞎子。

屋里安静下来,我也乖乖地回到娘身边。

队长和赵瞎子在磨盘边的小桌后面坐了下来。

队长很威严地扫了一圈说,哎,今天赵师傅又来给大家说书了,说书之前我先说个事儿。队长讲什么事我没听,也不想听,队长讲得唾沫星子横飞,嘴丫子边两团白沫,很恶心人。我看赵瞎子,头发很亮,中间有个分界线,身上一件黑衣服,一点皱也没有。队长讲话时,他的头也是左右转动,好像也在看着大伙。他的面前放着一个小圆鼓,一个鼓槌,一块方木。

队长讲完了,队长说大伙欢迎赵师傅讲书。磨房里噼里啪啦响满了掌声。

赵瞎子并没有马上讲,还是左右"瞅着"大伙儿。磨房安静极了。炉子里的柴火不时地发出脆响。

讲啊!后面不知谁喊了一句。

赵瞎子还是没有讲。大伙都盯着他。

又过了一会儿,赵瞎子手里举起方木"啪"地拍在小桌上说,现在是冬月初九下午六时一刻五秒,我给红河里公社八妙香大队第三生产队的贫下中农说书来了,我今天讲的是《侠义英雄传》。赵瞎子讲的是一个叫钟钢的人,武艺高强,独来独往,专门杀富济贫。从出生

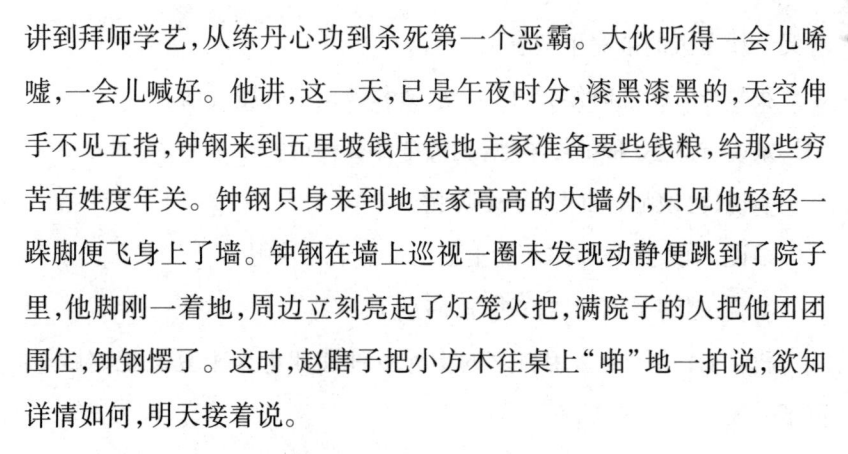

讲到拜师学艺,从练丹心功到杀死第一个恶霸。大伙听得一会儿唏嘘,一会儿喊好。他讲,这一天,已是午夜时分,漆黑漆黑的,天空伸手不见五指,钟钢来到五里坡钱庄钱地主家准备要些钱粮,给那些穷苦百姓度年关。钟钢只身来到地主家高高的大墙外,只见他轻轻一跺脚便飞身上了墙。钟钢在墙上巡视一圈未发现动静便跳到了院子里,他脚刚一着地,周边立刻亮起了灯笼火把,满院子的人把他团团围住,钟钢愣了。这时,赵瞎子把小方木往桌上"啪"地一拍说,欲知详情如何,明天接着说。

讲啊!讲啊!大家都没听够,都不散去。

队长说,好啦,好啦,那就让赵师傅明天再讲一天。

第二天,我早早地嚷着娘去磨房占地方。赵瞎子又讲到关键的时候"啪"地拍响了方木。大家还不放人,队长决定再讲一天。

赵瞎子到哪儿讲书,都是生产队安排到谁家吃饭。因为饭后赵瞎子都会再讲上一段,所以家家都抢着让他去吃派饭。

每天听完赵瞎子说书,我都缠着娘问,钟钢后来怎么样了?娘说我怎么会知道,等赵瞎子讲吧。

赵瞎子讲书的第二天晚上,娘对爹说,明天让赵瞎子到咱家住吧,孩子没听够呢。爹说,等我问问三福子。三福子就是小队长,我的一个远房表叔。

第三天中午,爹气冲冲地跟娘说,三福子真牛,说他早答应别人了。娘说那就算了吧。

晚上听完书回家,我问娘,赵瞎子明天还讲吗?娘说,不讲了。我说,那钟钢到底怎么样了?娘说,我怎么能知道?只有赵瞎子知道。我说我还想听呢,让他再给咱们讲一天呗。娘说,谁给他拿钱?一天要给十二块呢。我说我就想听,就叫赵瞎子来。说着嘤嘤地哭开了。娘说,哭什么?明年赵瞎子还会来的。我说,不,就不。我哭

着哭着就在娘的被窝里睡着了。

我睁开眼睛的时候,天已大亮,爹和娘正在外屋说话。

娘说,你把豆种都给了他,我们拿什么种地?

爹说,再说吧,谁叫孩子爱听呢。

娘说,十斤豆种加四十斤土豆也不抵十二块呢?

爹说,赵瞎子也挺通情达理,同意了。

我听明白了,是爹用自家的十斤豆种和四十斤土豆又把赵瞎子留了一天。

我问爹,赵瞎子不走了?

爹笑了笑说,再说一天呢。

于是,我又在磨房度过了欢快的一天。

赵瞎子走的时候,天空还飘着大雪。我追出十里山路,看见茫茫大雪里,两个黑影正吃力地走着。那是赵瞎子和他的引路人。我追上他们时,赵瞎子很吃惊的样子,问我干什么。我大口地喘着气问,赵瞎子,钟钢到底怎么样了?

赵瞎子笑哈哈地拍着我的头说,孩子,他的故事怎么能说完呢,人生的故事是说不完的。回去吧,明年我还来给你讲。

赵瞎子走了,我站在路边一直望着他们走进风雪里。

后来,我听娘说,赵瞎子没有要我家的十斤豆种和四十斤土豆。

陈 小 脚

○墨中白

陈家班泗州戏演得好,开头表演的压花场更是一绝,每个登台演员都有自己的绝活儿。

陈小脚上台表演的是碎步打水。这碎步打水看似简单,其实并不好做,首先要求演员必须是小脚,脚大了则无法表演。

陈小脚,听名字,不用看,也知道这人的脚,不大。

为了能练好碎步打水,陈小脚自幼用布缠脚,学练步法,终于练成一脚绝技。演员们都羡慕陈小脚的小脚,能踩出那么好的步法来。

陈小脚在台上表演,脚如踩水,身轻如燕,看客无不叫好,特别是表演燕子拔泥时,只见他轻点两下,把脚跟处的小碗从后面拔起,再从头顶上飞过去,在观者的惊叫声中,稳稳用脚尖接住碗,水在碗里,平静如初。全场,掌声一片。

走下场,陈小脚很少说话,常会一个人凝望着远方。日子久了,别的演员也都见怪不怪,随其一人发呆。

只有班主陈一腔会悄悄走到陈小脚身边,拉着他的手说,爹知道你痛苦,可是想演好压花场,没有绝活不行,人不常说嘛,一招鲜,吃遍天。你这双脚,也算一绝哩。

陈小脚听了,苦笑,浅浅地,走回戏台。

望着儿子迈着碎步的背影,陈一腔摇摇头,一脸的无奈。他知道儿子长大了。

碎步打水,一时成了陈家班的压轴表演。陈小脚也成了名角。

陈家班的演员都羡慕陈小脚有双小脚。

陈小脚红得发紫,可是除了在压花场上能看到他灵活的身姿,更多时,他一人似在戏外,凝望着远方,发呆。

陈一腔还会拉着陈小脚的手说,如我所愿,高兴才对,咋能一脸不开心呢?

陈小脚目不旁视,父亲的话,他似没有听见。

陈一腔轻叹一声,摇头,走开。

听着父亲离开的脚步声,陈小脚把眼睛移到脚上,他一点也不喜欢自己的脚,这双让别人羡慕的小脚,在他看来,是一种痛。

童年缠脚,儿时习步,过去的一切,陈小脚都记忆如昨天。他忘不了缠脚的痛,忘不了练步的苦,更忘不了儿时伙伴嘲笑他长着一双小脚的那一幕。当自己不能改变父亲的意志时,他只能忍着痛苦,苦练碎步打水。

台上一分钟,台下十年功,整整十二年,陈小脚想。十二年的疼痛,换来一片掌声、夸赞声,甚至是惊叫声,可所有这些,在他看来,都没有拥有一双正常的脚快乐。

陈小脚清楚,如果长着一双常人的脚,他就不是陈小脚。那自己又会叫什么呢?

陈小脚心里更明白,这个问题没有任何意义,可他总爱去想。

表演压花场两年,陈小脚想了两年。他感觉好累,累了的陈小脚找到陈一腔说,他不能再表演了,那样自己会死在舞台上。

陈一腔愣了,他暗示陈小脚好好演,将来当陈家班的班主。望着自己的一双小脚,陈小脚伤感说,太累。

见他去意已决,陈一腔心想,毕竟不是自己亲生的呀,你去吧,想回,再来。

陈小脚走了。

压花场时,陈家班也曾有人上台表演碎步打水,观众看后,摇头叹说,陈小脚呢?

台后的陈一腔知道,不是弟子们功夫不好,而是他们没有那双灵巧的小脚。

新来的知府大人要看泗州戏,点名要看陈小脚表演。陈一腔婉转告诉师爷,陈小脚早已离开陈家班。

师爷生气道,老爷说了,他就要看陈小脚的碎步打水,看不到,你们以后就不要演唱泗州戏了。

话说得明白,毫无商量余地。

师爷走后,陈一腔愁呀,饭都吃不下。

三天后,就要到府衙演戏。

陈一腔度日如年,可三天期限转眼到了。

这天,陈小脚出现在陈家班。

陈一腔拉着陈小脚的手,哭了,喜的。

到了府衙,陈小脚舞动双脚,勾、弯、踢、点、伸,让知府大人着实刺激了一下。知府一高兴,大赏了陈家班。

回来,陈小脚要走。

陈一腔一把抱住他说,你还恨着我呀。

陈小脚凝望着前方,说,以前恨,现在不恨了,帮你,是因为你养育了我。

留下来吧。爹当初也是为你好。陈一腔并不松手。

陈小脚挣开陈一腔的怀抱说,知道男人长着一双小脚的滋味吗?不怨你,但我不能留在陈家班,待在这儿,我不快乐。

陈一腔抹了把眼泪，拿来银子，给陈小脚。

陈小脚并不接，淡淡一笑，转身，迈着碎步，离去。

看着远去的陈小脚，陈一腔一脸泪。

陈家班的演员都说，绝好的一双小脚不演碎步打水，多可惜哟。

陈小脚走了，此后没人再看到过他。

压花场时，陈家班再没有人表演碎步打水了。这个节目，陈一腔在陈小脚最后一次离开那天，就从泗州戏里抹去了。现在没有人演，将来也不会再有人演。

周 鸣 凤

○陈华艺

周鸣凤背着包裹雨伞单身独人回到新州,是在农历三月初三的傍晚。落山日头红彤彤的,灯笼般地在五指山顶悬着。村口河曲三斗的油菜花满垄满垄开出一地金黄,成群结队的蜜蜂嗡嗡地叫着,你追我赶在花丛中钻来钻去一片忙碌。

村人颇觉奇怪,周鸣凤是春芳班的挂牌老生,好端端的不在下三府吃开口饭,为啥不时不节地回来?

谜底很快揭穿,周鸣凤之所以回来,是因为他的喉咙突然倒了。再也不能唱戏,又不愿待在班子里让别人像太公一样养着,便只能卷起铺盖,忍痛告别戏台。

第二天一早,就有口风放出,说周鸣凤要在村里招学生。消息传出,堪头下的钟北悟第一个赶去报名。

钟家虽是孤姓独房,可因老钟头十几年前从绍兴东浦到新州榨酒落脚,家里却很有几个铜钿。钟北悟是老钟头的独苗,自小钟爱有加,又加上他生得眉目清秀,天资聪颖,便不再叫他传承祖业,而供其读书。可惜世事难料,就在钟北悟考进达材高小那年,半夜里一场天火突然将钟家开在庙背后的青藤酒坊烧了个精光。水冲一半,火烧全完。家道中落,老钟头再也无力供儿子上学。钟北悟失学在家,手不能拎，肩不能扛，前途一片迷惘。正在这时，恰逢周鸣凤回新州招徒办班，如同瞌睡遇着枕头，难怪钟北悟要第一个报名了。周鸣凤所办的戏班叫高升班。由于教得认真，学得用功，只三个月工夫，就上台演出。

这一日，天尚未黑透，爱莲堂里的头场便"咚咚锵锵"激烈地敲起。"锣鼓响，脚底痒"，村里的男女老少赶紧放落饭碗趋之若鹜。

爱莲堂门口挂着块三尺见方的水牌，上面大大地写着"秦香莲"三字。周鸣凤之所以要将这场苦戏作为头个炮仗来放，里面含着层苦尽甘来的意思。

台上有声有色，台下喝彩不绝，戏演得十分成功。眼见得麻溜就要吃到豆沙馅了，却出了个小小的意外。台上，包黑头将块惊堂木重重一拍，一声断喝："将这负情的贼子给我推出去斩了！"站立两旁的张龙赵虎王朝马汉闻声高呼"威武"，饿狼扑食般地扑上前去，将个陈世美擒住，直奔狗头铡而去。这时，台下抱在钟北悟姐夫怀中看戏的小外甥突然哭叫着高喊起来："舅舅！"台上演陈世美的钟北悟猛地一震，将嘴微微一张，轻轻地发出声"哎"。

虽说这"哎"极轻极轻，可立在后台一侧的周鸣凤却听得十分真切，他颀长的身子在昏黄的灯笼光中晃了几晃，手抓着台柱才不至于跌倒。

第二天一早，周鸣凤着人将钟北悟叫到家中。屏退左右，从怀中摸出一个四方四正的红包，放在八仙桌上，缓缓地推到钟北悟面前。

钟北悟一头雾水，怯怯地唤一声"师傅"！

周鸣凤涩涩地一笑，说："北悟，这是我的一点意思，你还是继续念书去吧！"

钟北悟一愣，轻声问道："师傅，您这是……"

"因为你不适合做戏。"

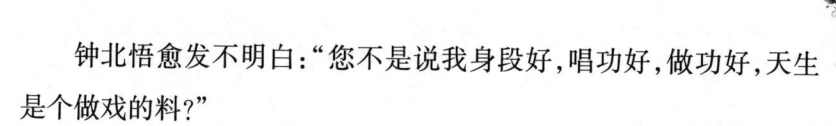

钟北悟愈发不明白:"您不是说我身段好,唱功好,做功好,天生是个做戏的料?"

周鸣凤轻轻叹了口气,将头摇摇,说:"你还记得昨夜的事吗?你在台上演戏,台下的外甥居然认出了你。而你外甥在台下一喊,你又居然在台上应答。唉!你不知道自己是在做戏,弄不清台上台下,还做什么戏?"

周鸣凤说罢,将个红包往钟北悟面前重重一推,起身头也不回地离去。

钟北悟怔怔地立着,一时不知所措。

反 串

○红 鸟

大幕拉开了,红盖头掀起来了。东霞撂开了两片水袖,在锣鼓声中出场了。

赵家班演《霸王别姬》是一绝,每个人都有自己的绝活儿。

东霞演虞姬,虞姬好多人都演过,想有大的突破,很难。东霞甩着水袖一出场,满场轰动,一是角色演得逼真,二是东霞是个男人。他原本叫东侠,班主看他反串演得好,就把他的名字改为东霞了。

为了演好反串,东霞经常一大早就起床,练嗓子,练女腔。演员们都羡慕东霞的女腔,腔调细细的,柔柔的,那是真功夫。

东霞在舞台上的一笑一颦一甩袖,皆能引来一阵轰鸣,特别是表演和项羽诀别时,虞姬凄凄切切的神态,被东霞表演得异常逼真,头次看他演出的还真的难以相信这是个大男人扮演的。

走下场,东霞常常不说话,总是走出戏院,呆呆地坐着,望着远方发呆,时间久了,大家也习以为常了。

为了练女腔,东霞十年如一日。为了把声带变细,他还喝了不少草药。十年过去了,终于练成了绝妙的女腔,迎来掌声雷动。

今年东霞整整二十岁。

逐渐,《霸王别姬》成了赵家班的压轴戏,不为别的,只为东霞的

一笑一颦一甩袖,满座惊艳,大家感叹不已。

东霞演了两年女人,他感觉很累,闲下来的时候就会一个人独自发呆,只有班主了解他的内心。

班主说,再演两年吧,我们戏班全靠你呢!

东霞苦笑。

班主说,你看,我也老了,过两年,我就把班主的位子让给你。

东霞仍是苦笑,不说话。

班主就不再言语,任由他静静地发呆。

东霞知道,自己命苦,从小死了爹娘,是班主收留了自己,他要知恩图报。

东霞在心中默默地说,就再演两年吧。

虞姬抽出项羽鞘中剑,翩翩起舞,音乐声起,慷慨悲壮,虞姬且歌且吟且舞。长袖连舞,剑气纵横鬼唱诗。满腔热血,写一爱字。长歌当哭泪滂沱,爱到极致是死时。唱毕,虞姬自刎倒地。

全场泪光闪闪。

东霞感觉好累,他找到班主,说,我想做一回男人。

班主说,东霞,为了赵家班,你再坚持一下。

东霞说,我活得很累,我怕我会累死在舞台上。

说这话时,东霞目光呆滞,混沌不清。

班主答应了他暂时找一个女人扮演虞姬。

大幕拉开了,锣鼓响起来了,虞姬出场了,一笑一颦一甩袖,看客不认账了,纷纷站了起来,嚷嚷道,那个男人呢?那个男人不演,我们就退票。

急得班主大汗淋漓。

这时,突然,又一个虞姬出来了,一笑一颦一甩袖,台下掌声雷动。

戏毕,班主拉着东霞的手,哭了,喜的。

东霞说,我要走了。一脸的坚决。

班主哀求道,留下来吧！赵家班离不开你。大家也都跟着说,留下来吧！

可东霞主意已决。他说,我整整演了四年女人了,演女人,是为了报答你！

班主说,我把班主位子让给你,只要你还演《霸王别姬》。

东霞挣脱班主的手说,你知道一个男人只能演女人的滋味吗？留在这儿,我不快乐。

班主抹了一把眼泪,从怀中摸出一把银子,东霞并不接银子,兀自走了。走路的姿态,仍然温柔似女人。

望着远去的东霞,班主泪流不止。

陈家班的演员都说,多好的女腔啊,可惜了哟！

改 戏 衣

○天空的天

女人给男人的戏衣做了手脚。女人知道,如果戏衣穿得不合身,会影响演出效果。女人希望男人当众出丑,身败名裂更好,这样男人就不会离开她了。

男人喜欢上了剧团的女主角。男人虽然不承认,但女人看得很清楚,男人看女主角的眼神和看当年的她一样。她当年也曾是剧团的女主角,只是因为高烧烧坏了嗓子,才不得不退出剧团的舞台,做起了剧团制作和管理戏服的工作。男人的眼神让当年的她陶醉,却让今天的她心痛,很痛很痛。她恨男人,恨他背叛了她。

女人知道这场戏对男人很重要,有上级领导在台下观看,如果演出成功,那就意味着男人的事业会再上一个台阶,还有可能被调入市级剧团里。男人很重视这场演出,之前做了很多准备。女人心里清楚这些,所以才会在这场戏的戏衣上做手脚。女人不想男人调进市剧团,那样的话,他们的婚姻就彻底完了。

女人改完了男人的戏衣就借故离开剧团回家了。女人不想看男人的演出,不想看男人和女主角在台上眉来眼去,更不想亲眼看见男人在舞台上出丑。虽然这一刻是她盼望的,但不知怎么,她却不想目睹。

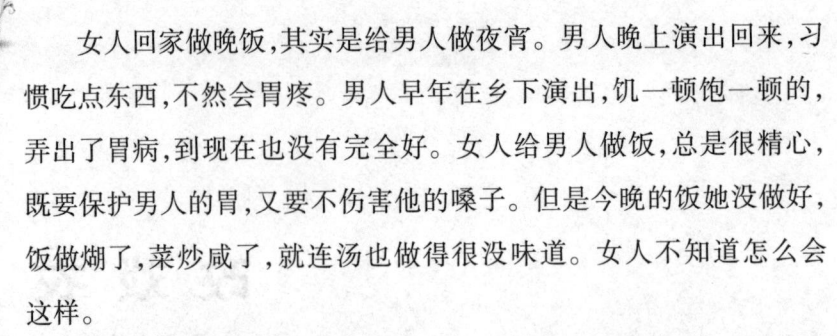

女人回家做晚饭,其实是给男人做夜宵。男人晚上演出回来,习惯吃点东西,不然会胃疼。男人早年在乡下演出,饥一顿饱一顿的,弄出了胃病,到现在也没有完全好。女人给男人做饭,总是很精心,既要保护男人的胃,又要不伤害他的嗓子。但是今晚的饭她没做好,饭做煳了,菜炒咸了,就连汤也做得很没味道。女人不知道怎么会这样。

女人想,男人回来若是想吃饭,就去外面买点吧。估计男人是吃不下的,戏演砸了,观众喝倒彩,领导不满意,前途也没了,还有什么心思吃饭呢?

正想着,男人回来了。男人身上的戏衣也没脱,脸上的戏装没卸,就那么失魂落魄地回来了。男人脸上不知是汗还是泪,把戏装涂花了。见男人这样,女人心里有些紧张。

男人说,给我倒杯酒,我想喝酒。

女人说,你不能喝酒,喝酒对嗓子不好。

男人说,嗓子好有啥用,不还是会把戏演砸!

女人问:怎么砸的?

男人说,我一紧张,穿错了戏衣,这件戏衣又瘦又小,裤脚却很长,绊得我摔了一跤。

女人说,演砸就演砸,以后还有机会。

男人说,没有了,没有了,以后再没有机会了。我五岁开始学戏,到今天整整三十年了,我日盼夜盼,盼来这么一次机会,却被我自己亲手搞砸了。以后再没有这么好的机会了,我再没有出头之日了。

男人说完竟呜呜地哭起来,声音低沉又悲凉。女人听了,心里很难过。女人头一次见男人哭成这样,她不知道这件事对男人的打击这么大。她很后悔自己做的事,她虽然恨男人背叛了她,可是没想过毁了他呀。

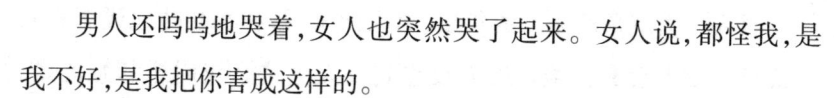

男人还呜呜地哭着,女人也突然哭了起来。女人说,都怪我,是我不好,是我把你害成这样的。

女人正哭着,忽然觉得有人在摇她的肩膀。女人睁开眼睛,看见男人站在她的面前。男人身上没穿戏衣,脸上也没化装。女人以为自己看错了,揉揉眼睛再看,还是一样,女人这才知道自己刚才做了一个梦。

男人问,你怎么了?

女人说,没,没怎么。

女人看着男人,心又紧张起来。女人说,你……你怎么这么早就回来了?

男人说,领导今天没时间来,我们的演出改在明天。

女人说,改在明天了?明天好,明天好。

女人想问问男人有没有穿戏衣,到底没敢问。

第二天早上,女人早早去了县剧团,她在放服装的房间找到了男人那件被她动了手脚的戏衣。戏衣还像原来那样挂着,好像没被人动过。女人心里舒了口气。

女人把戏衣轻轻拿起来,把她改过的地方重又改了回来。男人的身材女人知道得最清楚,当初就是为了男人有件合身的戏衣穿,她才来的服装部。她个人更喜欢给演员化装,而且化得也很好。唉,还想这些干吗。女人心里说。

晚上的演出空前的成功,男人和女主角都很投入,赢得台上台下一阵阵热烈的掌声。女人坐在剧场的角落里,从头到尾看完了整场演出。男人演得很好,女主角演得也很好,两人配合得比当年她和男人还默契。看到最后,女人哭了。

男人如愿地调进了市剧团,和女主角一起。女人做了一桌子菜为男人庆祝,男人很惭愧。

男人一去就是两年。两年后,男人回来了,吞吞吐吐地说想和女人离婚。女人没有拒绝。男人没想到女人会这么快同意和她离婚,女人没做任何解释。女人只说,好好唱戏,好好待她。

挣 脱

○天空的天

女人要嫁给皮货商了,剧团的人都为她感到惋惜。女人的戏虽然不是剧团唱得最好的,但她长得是剧团最美的。剧团很多男人都喜欢她,但她不为任何人心动。女人长得像贵妃杨玉环,人们都说,女人只有嫁给像李隆基这样的人才不枉生了这副容貌。没想到女人会嫁给又老又丑的皮货商。

第一个不同意的是女人的母亲。女人的母亲嫌皮货商年纪大,又结过一次婚。女儿还是姑娘呢,长得又这么好,嫁给他太亏了。

母亲说,那个皮货商哪一点招人喜欢,让你这么死心塌地地非要嫁给他?

女人说,他确实不太招人喜欢,可是喜不喜欢很重要吗?

母亲说,当然重要,和不喜欢的人在一起生活,怎么会幸福呢?

女人说,那么,什么是幸福呢?

母亲答不上来。

女人料到母亲会答不上来。母亲当年就是因为喜欢唱戏的父亲才嫁给了他,而父亲唱戏的收入却不能让母亲过上她想要的生活。她因此经常和父亲吵嘴。母亲虽然没离开父亲,但她觉得母亲过得不幸福。

女人说，我来告诉你什么是幸福。幸福是安逸的生活，是不为柴米油盐发愁的生活，是想买什么就买什么的生活，是不会为了钱而吵架的生活。

母亲知道女儿是在说她。母亲说，有些事不是你表面上看到的那样。

女人说，你不要再说了，反正我不想过和你一样的日子。

母亲知道说不过女儿，就不再说了。

女人嫁给了皮货商。女人本想嫁得更好一些。比如，门户再大一点的人家，或者生意再好一点的人家，可是这样的人家嫁过去只能做姨太太。女人虽没做过姨太太，但听说姨太太弄不好要受大太太的气的。皮货商虽然年纪大一些，又结过婚，但他正妻死了，又没有小孩，她嫁过去算是续弦，家庭关系相对简单。而且皮货商的家境还算殷实。

皮货商对女人很好，除了小气一点，没别的毛病。女人平时闲着没事会和邻居女人聊聊天，打打牌。想父母了，就会回家看看，给他们买点小点心，偶尔还会偷偷地给他们几个零花钱。日子虽然平淡，却也是女人想要的安逸。

春天来了，天气暖了，人们都脱去臃肿的冬装，换上了简便的春装，尤其经常和女人打牌的那几个女人，都穿得花枝招展。女人翻翻自己的衣柜，见里面都是旧衣服，而且样式也不时新。女人便去布店买了两块布料，做了两身衣服。想想皮货商今年也没做新衣服呢，就给他也买了块布料，做了件衣服。

衣服做好后，女人穿给皮货商看。穿第一件的时候，皮货商还没说什么。穿第二件的时候，皮货商的脸色就很难看了，但他没有发作，只是脸色难看而已。等到女人把给皮货商做的新衣服拿出来，让他试穿的时候，皮货商就再也控制不住自己的火气，发作了。皮货商像在咆哮似的说,你以为我是富翁吗?你做衣服一做就是三件!你以为你是阔太太吗?总和别人比穿比戴!你以为我赚钱很容易吗?你花钱这样大手大脚!

女人被皮货商连珠炮似的问话问蒙了,她不知道自己做了几件衣服会惹来皮货商这么大的脾气。女人说,我是你妻子,我连做件新衣服的权利都没有吗?

皮货商说,你别跟我讲权利,你待在家里一分钱不挣,有什么权利跟我讲权利!

皮货商的话很深地伤了女人的心,女人被噎得说不出话来。隔了好一会儿,女人像忽然想起什么似的,脱掉身上刚穿上的新衣服,换上了柜子里的旧衣服,而且是她从娘家带过来的旧衣服。

女人沉默了很多。她不再去和邻居女人聊天,也不再和她们打牌了。她每天除了给皮货商做饭洗衣服,就是坐在窗前发呆。窗外天空中常有鸟儿飞来飞去,女人很羡慕它们,想像它们一样自由而独立地生活。

女人忽然怀念起她在剧团唱戏的日子。唱戏的时候虽然累,却能有一份属于自己的收入。收入虽不多,却是自己凭力气赚来的,花着开心。女人想重新回到剧团唱戏,闲暇的时候就开始练嗓子。一天女人正在练嗓子,皮货商回来了。皮货商一见女人唱戏,就气不打一处来,冲着女人打雷似的喊,谁让你在家唱戏的?你想让全世界都知道你是个戏子吗?

女人说,戏子怎么了,我就是戏子!你看不起我,当初为啥要娶我!

皮货商不由分说,上去就给女人一巴掌,女人的左脸上立时印上了五个红红的指印。

女人捂着脸,惊异地看着皮货商。她没想到他会打她,这是她平生第一次挨打。母亲虽然经常和父亲吵嘴,父亲却从来没有动手打过她。女人这时才明白母亲的话,有些事真的不能看表面。

　　不久之后的一天,女人离家出走了。没有人知道她去了哪里,也没有人知道她放着好好的日子不过为什么要出走。也许天空中飞来飞去的鸟儿知道,可是鸟儿不会说话。

王 兰 芳

○孙 蕙

　　夜半。王兰芳将窗户关上，从枕头下面掏出有些残旧的唱本。这唱本，是出生苏州梨园世家的外婆留给她的，外婆曾对她寄托了全部的希冀。几十年了，只要想起外婆，王兰芳就会把唱本拿出来。读得兴起时，便仿戏台上的人儿，将衣袖当水袖，五指成兰花状，小声哼着柔媚的曲子，一圈又一圈地在室内走着碎步。

　　父母在隔壁听见，直叹气。爱唱戏的王兰芳，是老两口的心病。如果说她长得丑嫁不出去，也就算了。偏偏王兰芳个子高挑，两条长辫子滑溜溜的，眼睛看人时能甩得出水来，像极了晏溪河边那口幽深水井。

　　二十二岁的大姑娘，到了出嫁的年龄，却还赖在娘家，时间长了，街坊邻居难免有闲话，这让爱面子的老两口觉得有些丢人。

　　在梨木街，二十二岁的女子，大抵已结婚生子，挑挑拣拣的，也基本上有了主。尤其是七月七的晚上，年轻男女都借着"乞巧节"名义，在晏溪河边，三里古路，约会，聊天，不时传出的笑声，将"月上柳梢头"的意境勾勒得朦朦胧胧。

　　王兰芳曾经喜欢过邻村的一个小伙子。她以为他俩会像戏文里唱的那样，淡扫蛾眉晚添香，说尽千秋万古情。

小伙子对此不以为然,连笑几声后,说:"你是梨木街的女人,不是大户人家的小姐,娘希望我们结婚后能立即抱上孙子。"说完,丢下目瞪口呆的王兰芳,夹起书本去了学校。

梨木街的女人怎么啦,难道一辈子就得早上围着公婆转,中午围着灶台转,晚上围着男人转吗?王兰芳发誓,哪怕嫁不出去,也不要这样的日子。

文工团的大篷车开进了梨木街。虽然极少有人听得懂台上角儿唱的词,男女老少们依然将临时搭建的戏台子围得里三层外三层,每个人的脸都兴奋得红扑扑的,仿佛被涂抹上了喜庆色彩。

几天下来,王兰芳摸清了那个青衣、小生一担挑的台柱子名叫李一苇,知道他喜欢一身白衣白裤,知道他是宁波人,知道他在老家早已娶妻生子。

王兰芳悠悠地叹了口气,从此远远地站在老槐树下,只听一个人的戏。当夜风送来或高亢或委婉的声音时,她的嘴唇便也依着节奏一张一合,直听得最后一个音符滑进月亮,身子还立在树下不动。

最后一个晚上,王兰芳正要回转身,空中隐隐传来一阵压抑的唱腔,其旋律缠绵哀怨极诉相思之情,听得王兰芳的两眼蓄满了泪水。

沿着晏溪河寻去,只见一个白衣小生临风而立,唱出一段梨木街人从未听过的词:"想着她眉儿浅浅描,脸儿淡淡妆,粉香腻玉搓咽项。翠裙鸳绣金莲小,红袖鸾销玉笋长。不想呵其实强!你撇下半天风韵,我拾得万种思量。"

呀!这不是梦中的张生吗?王兰芳袅袅婷婷,吐气如兰:"系春心情短柳丝长,隔花阴人远天涯近。香消了六朝金粉,清减了三楚精神。"

四目相对,情引眉梢。许久,李一苇轻语:"露重,回吧。明晚我们就到摹云庄演出了,你要来哦。"

捧着唱本,王兰芳做了一夜的梦,梦中全是白衣飘飘。

王兰芳赶到摹云庄时,戏台前空空如也,唯有暗的夜,像张开的网,无边无际。

一双温热的大手覆盖在王兰芳的肩上:"剧团被另一个村临时请去,怕你不知,一直在这儿等你。"

王兰芳一惊,旋即转过身,将泪脸埋进李一苇的怀里。

"带我走,李郎。"

"戏里的生活永远是虚幻的,我一个常年漂泊在外的人,只怕承担不起你这份情意。况且我在老家……"

王兰芳用手捂住他的嘴,说:"我不管,只想跟着你去流浪,只想与你对戏文。"

有脚步声响起。李一苇试图推开王兰芳,却被她紧紧地搂着腰,仿佛一松手他就会消失。

手电筒的光落在两人的脸上。

"臭婊子,把这对狗男女绑了押到大队去。"一个熟悉的声音在王兰芳的耳边炸响。

王兰芳将李一苇推开:"快走!"然后扑到那人面前,死死地拽着他的衣襟,说:"从前都是我不好,你要打要骂冲着我来,不关他的事,是我勾引他的。"

第二天,王兰芳胸前挂着一张写有"我是破鞋"的牌子,被反绑着双手从摹云庄一直押回到梨木街。一路上,王兰芳不停地唱着戏,尾随在后面的人都听不懂,却都觉得她比戏班子里的任何人都唱得好。父母气得躲在屋里,任谁敲门也不开,让来人捎话给王兰芳,说只当从未生过她这个姑娘。

第三天,王兰芳不见了。有人说半夜起来小解时,看到那个唱戏的白衣小生带着人将王兰芳抢走了。还有人说看到王母娘娘从天上

降下,将王兰芳带到天上去了,因为天上缺个戏神。

许多年过去,梨木街的上空再也未出现天籁般的唱腔。

这天傍晚,王兰芳的父母路过八字桥时,见几个调皮的男孩子围着一个描眉涂红唇的女人,在呼朋唤友:"女疯子还会唱戏啊,快来听快来听。"

红衣女人整整衣襟,跷起兰花指,一段揪人心的唱词从唇中缓缓吐出:"哪知道梅开有信,人去越遥;凭栏凝眺,把盈盈秋水,酸风冻了。"

声音是如此熟悉,再细看女疯子的模样,那眉眼不正是他们失踪多年的兰儿吗?二老上前抱住她,老泪纵横。

王兰芳抓住父亲的衣襟,两眼放光,说:"我的李郎,他还在摹云庄等我哟。嘘,别说话,听,他正在树下声声唤奴家。"

说完,头也不回,疾步远去。暮色四合中,王兰芳的父母站在发亮的青石板路上,没有了方向。

花 戏 楼

○周剑虹

相思古镇上的花戏楼，不知什么朝代就已经有了。

花戏楼坐北面南，雕梁画栋。戏台两侧有楹联一副：一曲阳春唤醒今古梦，两般面孔演尽忠奸情。虽年代久远，朱漆褪尽，但字迹遒劲，依稀可辨。当年的花戏楼风光无限，城里的角儿们以能在这里唱戏为荣。

一般的角儿甭来古镇现眼，古镇人挑剔得很。但女伶翠儿却格外受古镇人的青睐。

翠儿常来花戏楼，一演就是十天半月。往往不到开戏时，满场子已是黑压压一片了。这还不算，墙头上树杈上，就连对过儿阿九婆家那青瓦房上都有人，或坐或站，瞪眼伸脖，盼亲人似的盯着花戏楼"出将"处的团花门帘儿。

翠儿的行当是大青衣，古镇人最爱看她演《梅妃》。翠儿演的梅妃一出场就把人心给抓牢了，她蛾眉紧锁，满腹幽怨，吐字如玉。一句"雪里红梅甘冷淡，羞随柳絮嫁东风"的念白，真真是令人泪下如雨，寸心似剪。这时，人们早忘了翠儿，台上站着的那个绝色女子分明是唐玄宗后宫内新近失宠、婉丽能文、感叹景物尚在、人事已非的梅妃江采苹！

翠儿唱得好，长得更好。古镇上的老戏迷愿意用戏词儿来夸她：十指尖如笋，腕似白莲藕，这样的好姑娘几世来修？天仙还要比她丑，嫦娥见她也害羞。

乐队的琴师是翠儿她男人，一把板胡拉得如同山间溪水般恣情肆意、跌宕有致。男人熟悉翠儿的嗓子，就像熟悉板胡上的音律节拍，高亢低缓都有讲究。高亢时那板胡将翠儿的嗓音烘托得犹如红云层叠、松翻涛卷，低回时又好似玉帘卷翠、清夜烛摇，拿捏得不偏不离，伺候得恰到好处。台上台下，小两口红花绿叶，琴瑟合鸣，恰似神仙眷侣。

古镇上的桃花开了谢谢了开，翠儿戏里依然是才情过人满腹幽怨的梅妃，戏外还是那个让人眉开色悦总看不够的美娇娘。其实，翠儿也有难言之隐，眼瞅着同门的师姐师妹都拉着大的抱着小的，翠儿身边缺少的就是一张口奶声奶气叫娘的那个小人儿。虽说她和三代单传的琴师合卺数年，可翠儿的肚子就是没动静。翠儿也不免跟戏中失宠的梅妃似的兀自惆怅起来，说话小声小气，看琴师的眼神怯怯的。

终有一天，翠儿有喜了，琴师欣喜若狂，恨不得站花戏楼里喊一嗓子。琴师端吃送喝，沏茶打扇殷勤照应。翠儿更是功不敢练，嗓不敢吊，每日里保胎安神是头等大事。

花戏楼突然就静下来了，静得让古镇上的戏迷们心有不甘。于是，这段时间，城里的小凤仙、九龄红、十里香都来过，可有一样，来了，演了，动静却是不大，最多三天就收拾戏箱，雇个牛车，无论你是仙是红还是那香，都随牛铃铛一下一下摆晃出的单调声响渐行渐远。

翠儿生个男孩的消息就像有人倏地推开了轻掩的柴门，"吱呀"一声，便打破了小巷的清幽，整个古镇沉寂了些时日后，一下子就又活起来了。

有了孩子的翠儿肌肤如雪，发如漆染，星眸迷离，比起先前来更是妩媚撩人。不过，有细心人发现翠儿与往常有点不一样。不一样在哪儿？一下子难以说清。好像性子大了，嗓门高了，值不值也要对琴师男人耍个小脾气。

　　古镇赶集似的热闹，翠儿又要出演《梅妃》了，十里八乡的人们摇着小船，走完水路走旱路，早早聚在花戏楼前。不消说了，那场里场外黑压压一片，墙头树杈青瓦房上又满是人。

　　花戏楼装扮一新，顺廊檐挂一溜儿红纱灯。戏台上的团花门帘儿一撩，翠儿扮演的梅妃在一群紫衣宫娥的簇拥下登场亮相。她一袭白衣，梅花点点，水袖扶摇，裙裾飘飘，莲步轻移，踏歌曼舞。忽地曲风一转，梅妃欣然唱道：下亭来只觉得清香阵阵，整衣襟我这厢按节徐行。初则是戏秋千花间弄影，继而似捉迷藏月下循声……这是整出戏中梅妃得宠时的唱段。

　　正当镇子上的戏迷们如痴如醉忍不住击节相和时，原本随着婉转曼妙的唱腔紧拉慢奏烘云托月的板胡突然在翠儿甩高腔时戛然而止。翠儿猝不及防，那声音顿时失去依靠如同大雁孤飞，残梅落月，硬生生岔了音儿。满场皆惊，哗然一片。

　　花戏楼的当红名角儿怎能唱出分岔的高音儿？琴师在当紧时刻咋能收弓凉弦儿？古镇人一头雾水，不晓得翠儿和琴师这对儿红花绿叶怎么了。

　　日子水一样淌过，翠儿会经常到花戏楼来，满腹心事地看着戏台两侧的楹联，纤细的手指临空顺着遒劲的字迹出神地描着，一下一下，描的是"两般面孔"四个字……

被风吹走的夏天

老　街

○韦　名

温煦的阳光横斜在老街上,光影斑驳,光怪陆离。

老街不大,两排骑楼间打板铺就街面,狭长而逼仄。老街也不老,仿古建造,落成没几年。

老街大都卖字卖画,客不多,甚是冷清。

这年中秋前,冷清的老街来了一男一女,租住街尾。男的光头,六十岁光景,卧蚕眉下一对虎眼,给人感觉很强悍,很精干。女的三十岁出头,长得粉嫩,如画里人一样。这一男一女,看似父女,又像夫妇。住在老街,不卖字画古董,倒是弄来了京胡、二胡、月琴、三弦等唱戏的家当。

"海岛冰轮初转腾,见玉兔,玉兔又早东升。那冰轮离海岛,乾坤分外明,皓月当空,恰便似嫦娥离月宫……"

月圆中秋,老街如洒水银,一地雪白。寂静的老街街尾突传《贵妃醉酒》,余音袅袅,情真意切,如听天籁。

翌日,街尾再传京腔:

"奉王旨意到秦邦,登山涉水马蹄忙,耳听得金鼓咚咚震天响,不觉来到了秦国边疆。看关头旌旗招展刀枪明又亮,儿郎个个逞豪强……"

一曲《将相和》让整条老街人屏声静气。

说也怪,往后每日阳光横斜时,这一男一女必唱一曲,唱毕,收拾唱戏家当关门,不做生意,不与人往来,甚是神秘。

神秘的男女却用京剧征服了一街人。每日阳光横斜时,老街骑楼下,人们自挑板凳,男男女女从街尾排到街中,候戏。听毕,起身,拍拍屁股,挑起板凳,开铺的开铺,干活儿的干活儿。

如是数月,老街人听戏,看如画的女人,却不知这一男一女的来历。

冬日横斜在老街上的阳光被北风吹得软绵绵的。正当一街人沉浸在《空城计》里万马围困的惊险中,不知谁喊了一句,"着火了!"

一街人乱成了一锅粥。一句"请上城楼把酒饮"咽回了肚子,男人提起水桶,女人端上脸盆,冲向火场。

火借风势,势不可当。有人啼哭,有人喊叫:"里面有人!"男人扔下水桶,冲进火海。不一会儿,男人用自己的衣服抱出一个女孩,男人的卧蚕眉烧光了,女孩眼睛睁得大大的一动不动……

冬日老街上的这场火,让老街人再次听戏时,对这对男女多了几分敬佩。男人女人却神秘依旧,每日阳光横斜时开门唱一场,什么《长坂坡》《霸王别姬》《定军山》,天天不重复,唱毕关门。

老街人的日子就在这听戏唱戏中悄悄流逝。

一日,一街人守到日上三竿,男人女人还没开门唱戏。

两年了,男人女人天天准时唱戏,一街人也天天排排坐听戏看人,今天怎么啦?!

一扇漆黑紧闭的铁门静静伫立在街尾,像个大大的问号,吊起一街人的疑问。等不及的恋恋不舍起身走,一天里却如丢了魂般。坐在漆黑大门对面的大眼睛女孩,却一直守到日上中天。

如是数日,街尾少了唱戏听戏,老街恢复了先前的冷清。大眼睛女孩却天天守到日上中天。

约十日后,街尾再传戏声:

"人呐喊,胡笳喧,山鸣谷动,杀声震天,一路行来,天色晚,不觉得月上东山……"

老街人如战士闻号角,急急奔向街尾,听个真切!

戏如旧,靠近街尾的却看到昔日粉嫩如画中人的女人数日不见,苍老如家中女人。

听戏的知足,看人的却惆怅了。

半月后,那扇漆黑紧闭的大铁门又锁住了门里如画的女人和婉转动听的戏。

往后半年,漆黑的铁门开了关,关了开,一街人的心情如铁门开关,一时欢愉一时惆怅。

又是一个月圆中秋,明月却躲进黑云里,无情无义。

黑漆的老街,突然传来街尾男人的唱戏声。多日未闻戏声的老街人兴奋异常,纷纷赶往街尾,漆黑的大门打开了。

戏是好戏,却声声如泣。女人还是那如画女人,却已是白布裹身,没能和男人对戏了……

漆黑的大门对面,大眼睛女孩泪流满面。

送别了女人,男人收拾东西准备要走。老街人始终不知道男人女人从哪里来,男人要到哪里。只知道男人曾经是教授,女人是他的学生。男人有才,女人多病,他们到过很多很多地方……

男人离开时,天蒙蒙亮,下着小雨。背着背囊的大眼睛女孩急急赶来,紧紧跟在男人身后。

没了戏听,老街冷清如初。温煦的阳光横斜在老街上,光影斑驳,光怪陆离。

陈州影戏

○孙方友

影戏就是皮影戏,相传产生于东汉年间。汉武帝的妃子李夫人死后,武帝时常想念她。有个叫少翁的人,用剪纸绘画的方法,仿造了李夫人的形象,用灯光照射到布帐上,让武帝观看。武帝看到布帐上的影人,以为是李夫人死而复生,欣喜相见,顿解满腹愁云。为此,还加封了那个叫少翁的人。

皮影戏在唐以前,为宫廷戏。"安史之乱"以后,大量的宫廷艺人流落到民间,也把艺术带到市井。特别是北宋时期,空前繁荣。据宋孟元老《东京梦华录》记载:当时汴京"坊巷院落,纵横万数,莫知纪极。处处拥门,各有茶坊酒店,勾肆饮食。市井经纪之家,往往只于市店旋买饮食,不置家蔬"。又说,"夜市直至三更尽,才五更又复开张。如要闹去处,通晓不绝"。可见当时盛况。从历史上看,西安和汴京一带皮影戏班较多,可能就是这个缘故。元代时,我国皮影传到欧洲,给十九世纪末欧洲人发明电影以启迪,皮影曾被称为现代电影之祖。

汴京距陈州只有二百多里路,一条官道相通,很早就有了陈州皮影戏班。顾名思义,皮影必须有皮人,一般皮人都是用黄牛皮或驴皮制作的,工艺复杂又简单:先把皮张长时间地放在水中浸泡,再用碱水涤净,刮薄,陈州人称此为"熟皮子"。熟好后,用铁钉张在墙上晒干,熨平,进行雕刻绘制。形象刻出后,再进行染色和罩油。身上关节部位,都以琴弦串联,颈部和两手用三根细竹操纵。一担戏箱(即一台戏)皮人身子一百多件,人头三百多个,人头可以随时调换,不断变换"演员阵容"。陈州皮人一般身高一尺三寸左右,造型多具北方人的气质,线条粗犷,坚毅有力。根据人物不同身份,也有高低之分,"高生矮旦疙瘩丑",一般旦角和丑角皮人稍矮一些。人物各部位长短符合自然人的比例关系,叫作"立七坐五盘三半",动动静静,形象逼真。演出时,一般由七至八个人作场,素有"七忙八不忙"之说。开场后,一人操纵皮人(俗称掌签的),剧中人物生、旦、净、末、丑,各种行当;唱、做、念、打,叙述故事,皆由操纵者担任。一台戏,除一个掌签的以外,还有一个副手,称为"贴签",任务是操纵垫场或白天请神的折子戏。其他人员为乐队伴奏。乐器以打击乐为主,大鼓、边鼓、大钹、小锣、大锣、唢呐皆有。乐队除去烘托气氛外,还要与掌签人"对白"。演出节目大都是唐宋传奇,如《杨家将》《五虎平南》《罗通扫北》,等。有时候开了连续剧,能一唱一个月或半年。

明末清初之时,陈州皮影戏更为盛行,据《陈州县志》载,最多时有八十多担(台)。当然,皮影艺人多是农民,农忙耕作,农闲演出。皮影戏的优劣,一是演出技巧,二是掌签人的唱腔,三是皮人的制作水平,四是乐队的干净利索,四者缺一不可。那时候,陈州最有名的皮影戏班是北白楼的白家班。

白家班为"小窝儿班","窝儿"就是"一窝儿",说明了,就是一家人一台戏。掌签人叫白复然,乐队是由叔侄儿们组成,配合得当,尤其白复然的唱腔,一口能出多音,实为一绝。

由于白家班是名班,所以常被大户人家请去唱堂会。一般戏班称衣服为"叶子",白复然很注重演员们穿戴的"叶子"。因为皮影戏

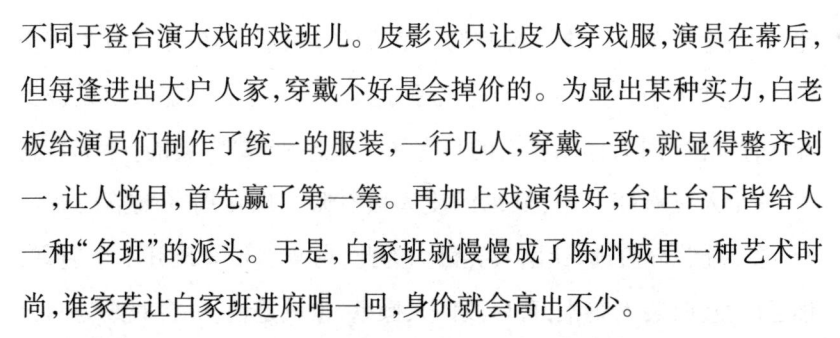

不同于登台演大戏的戏班儿。皮影戏只让皮人穿戏服,演员在幕后,但每逢进出大户人家,穿戴不好是会掉价的。为显出某种实力,白老板给演员们制作了统一的服装,一行几人,穿戴一致,就显得整齐划一,让人悦目,首先赢了第一筹。再加上戏演得好,台上台下皆给人一种"名班"的派头。于是,白家班就慢慢成了陈州城里一种艺术时尚,谁家若让白家班进府唱一回,身价就会高出不少。

所以,前来相请白家班唱堂会的大户人家络绎不绝。

这一年,陈州知县周文曲的父亲过生日,派人请来了白家班。县官的老爹过生日,自然热闹异常,除去白家班皮影戏外,还请了周口赵家班。赵家班是唱大戏的,近百号人马,光戏箱就拉了几马车。怎奈周知县的老爹下肢瘫痪,有大戏也看不了。万般无奈,周知县就请了白家班,让白家班到老爹的卧房里唱"重戏"。所谓"重戏",多是与外边的大戏相配合。外边高台上唱什么,皮影戏就在室内模仿什么。也就是说,开同样的剧目,敲同样的锣鼓。这些都是有钱人家为孝敬老人才想出的招数。人老了,下不得床或出不得门了,晚辈们为表孝心,让老人家高兴一回,与家人同乐一回,于是,就唱"重戏"。这种"重戏",也唯有皮影戏能够胜任。当然,这也是陈州人的发明,在别处极少见。

周知县的父亲下肢瘫痪已久,上床下床全由仆人侍候。年轻时候,这周老先生就是个戏迷,热戏,至今还会哼唱不少唱段。尤其耳音,很精。他对白复然说,他身残耳不残,一只耳朵听外边,一只耳朵听里面,哪一方唱不到火候都甭想拿到戏钱!接着,由他点戏。可能是长期被圈在房里心里急,老先生脾气变得蛮横刁钻,专点了一出《十二寡妇征西》。此为亮相戏,也就是显示演员阵容的剧目。对大戏来说,这并不算过分,而对皮影戏就有很大难度。首先你要有十二个穿着不同的女人,而且后来又要穿蟒穿靠背虎旗戴翎子,唱功更不

115

能马虎,十二个女人十二种腔调。最难的是最后一场,十二寡妇要全部登台,加上士兵将领,舞台上几乎都站不下。平常皮影戏班是极少开这种戏的,因为操纵皮人的只有两个人,一个是掌签的,一个是副手,两个人只有四只手,操纵的皮人极有限。现在周老太爷故意刁难,总不能临阵脱逃,让别人笑话。为此,白复然带全班开了个通宵,集思广益,改装大布帐,幕后改四人操纵,也就是说,一台戏改为两台戏合演,直到让周老太爷挑不出毛病为止。

演出果然很成功,周老太爷不但没挑出毛病,而且被白家班高超的演技折服了。周老太爷一折服不打紧,寿日过后,他竟要白家班留在府内,要白家班天天为其演出,不让走了!他说他一个人整天关在屋内,太寂寞了!这下好了,来了一大帮,有男又有女,天天唱着过,快成神仙了!

周老先生高兴,周知县却作了难。老先生要求的一切,虽不算过分,但也不算是件小事情!唱戏容易,重要的是戏钱。一天演三场,一月九十场,一年得多少钱?若是两袖清风,怕是一年的薪水也不够一月的戏钱!如若不唱,父亲操劳一生,临老瘫痪,当儿子的如果连这点儿要求也不能满足,怎能对得起父亲的养育之恩?当然,最好的办法是又唱戏又不打钱方为上策,可白家班会同意吗?

不想没等周知县说出这话,白复然却主动要求送戏,白唱,不要钱,只求管饭,为的就是周老先生的抬举!啥时候周老先生说不愿听了,白家班再走出县衙。

周知县一听大喜,安排下人一定要好生招待白家班,万万不可慢待了。知县看得起,白家班演得更起劲,一天三场,看得周老先生眉开眼笑,食欲大增。周老先生精神一好,就待不住,老嫌屋里憋闷,要求到外边。可戏台挪到外边没几天,老先生又嫌一个人看戏不来劲儿,要求把戏台挪到大街上,让众人都来看热闹,并说唱戏就要热闹,

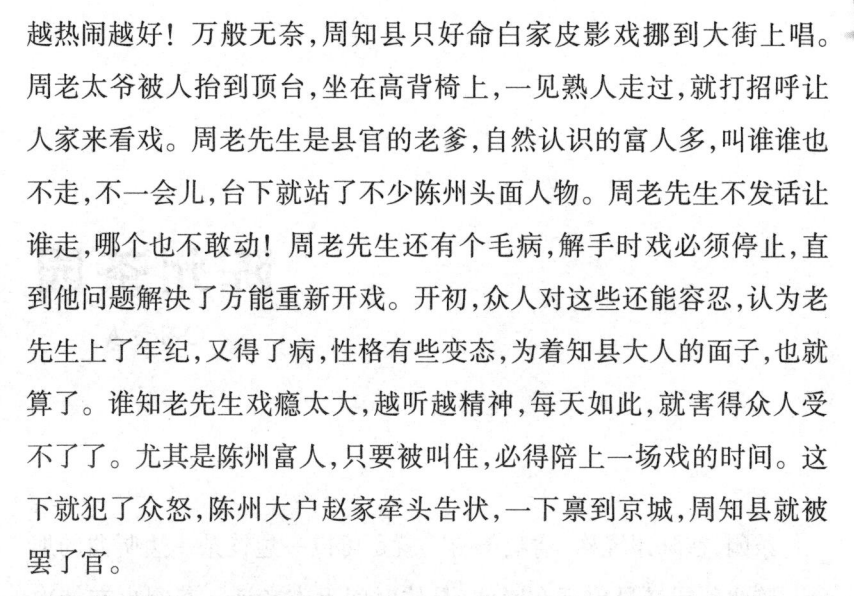

越热闹越好！万般无奈,周知县只好命白家皮影戏挪到大街上唱。周老太爷被人抬到顶台,坐在高背椅上,一见熟人走过,就打招呼让人家来看戏。周老先生是县官的老爹,自然认识的富人多,叫谁谁也不走,不一会儿,台下就站了不少陈州头面人物。周老先生不发话让谁走,哪个也不敢动！周老先生还有个毛病,解手时戏必须停止,直到他问题解决了方能重新开戏。开初,众人对这些还能容忍,认为老先生上了年纪,又得了病,性格有些变态,为着知县大人的面子,也就算了。谁知老先生戏瘾太大,越听越精神,每天如此,就害得众人受不了了。尤其是陈州富人,只要被叫住,必得陪上一场戏的时间。这下就犯了众怒,陈州大户赵家牵头告状,一下禀到京城,周知县就被罢了官。

  周知县带着老父亲和家眷离开陈州的时候,白复然领着戏班前来送行。周知县抱歉地说:"白老板,这下我可真没能力给戏钱了！"白复然急忙施礼道:"周大人,当初未及向你说明,戏不是我送的！这一切全是陈州大户赵老爷的安排！"

  周知县惊诧如痴,方知自己走进了一个大阴谋！

陈州茶园

○孙方友

茶园,在陈州统称"清唱茶园",就是可以一边饮茶一边听曲的那种。陈州茶园最早出现在晚清,具体时间无人考证。茶园也有档次之分,高档的园内建有小舞台,能彩唱,也可开大戏。低档的只能清唱,像唱玩会,有鼓有锣有胡琴,三五人一伙,一个人顶多种角色,敲打起来,也算一台戏。

在清末民初年间,陈州最有名的茶园是"雅园"。据《陈州县志》载,雅园大约建于民国五年,地址很好,前临陈州大酒店,后临祥云公路,老板姓李,名少卿。园内既是茶棚也是戏院,建有舞台。演出当中,送茶的相公来回穿梭,也有卖瓜子的,撂手巾把儿的,卖"大炮台"机制香烟的。陈州一带剧种多,不但有梆子戏,还有曲剧、越调、道情、二夹弦、四平调,除去这些,还不时有曲艺大腕来演出。豫北的坠子皇后乔清芬就常来演出《五蝶大红袍》《金镯玉环记》什么的,一人一台戏,很是叫座。据传到了民国二十几年,这里还放过电影。什么《火星人》《大香槟》《难兄难弟》《破镜重圆》等影片,多是在此放映的。

李少卿是陈州北白楼人,父亲是个大财主,李少卿从小喜欢听戏,因白楼离城不远,他常常随伙计们进城看大戏。尤其是每年二月

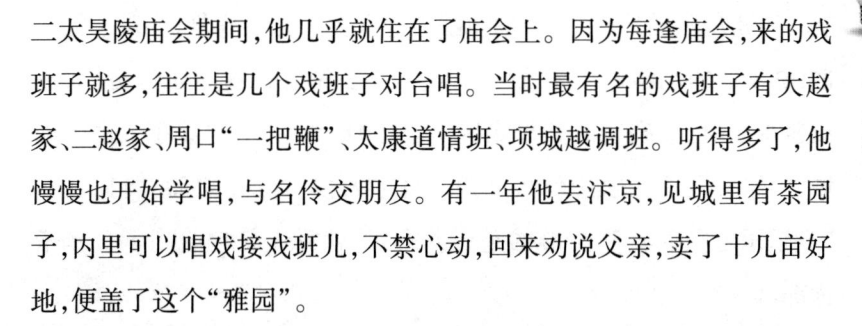

二太昊陵庙会期间,他几乎就住在了庙会上。因为每逢庙会,来的戏班子就多,往往是几个戏班子对台唱。当时最有名的戏班子有大赵家、二赵家、周口"一把鞭"、太康道情班、项城越调班。听得多了,他慢慢也开始学唱,与名伶交朋友。有一年他去汴京,见城里有茶园子,内里可以唱戏接戏班儿,不禁心动,回来劝说父亲,卖了十几亩好地,便盖了这个"雅园"。

由于"雅园"档次高,接戏班儿多接名班,慢慢就成了某种象征。来这里听戏喝茶的顾客也多是有身份的人,党政要员、商家大贾,请客谈生意,"雅园"是最好的去处。名伶们自然也愿意朝这里来,票房好,捧场的多,那是一种享受。新角儿更想朝这里来,因为一进来就长了身份,不红也可以被捧红。用现在的话说,这叫"一炒天下知"。

李少卿是懂行的人,一旦发现好苗子,他就极力将其捧红。被捧红的角儿,三年内要向他交"炒银"若干。这叫"暗钱",又是两厢情愿。当然,也有忘恩负义的小人,被捧红了,却忘了"雅园"的功劳,不但不交"炒银",有时还拿大。对这种人,李少卿也有招儿治他们。有一年,一个名叫"草兰香"的女艺人被"雅园"捧红后,三年不进陈州城,更不向李老板交"炒银",还私下说自己唱红是自然条件好,就是"雅园"不炒不捧也照样能走红。李少卿听说后笑笑,第二年就物色到一个比"草兰香"更好的苗子,取艺名叫"香草兰",专演"草兰香"演的戏。后由李老板出资,为她所在的班子添置全新行头,并包班三个月,专与"草兰香"的班儿对棚,一直将"草兰香"顶"臭"为止,害得那"草兰香"与班主一同备厚礼来向李少卿赔情,并付了所欠的"炒银",此事才算了结。

慢慢地,李少卿就成了陈州一带不登台的"戏霸"。自然,随着李少卿的名声越来越大,陈州茶园也越来越红火。为扩大经营,李少卿在周口、项城都开了分园。

陈州沦陷的那一年，李少卿已年过半百。由于战争，戏班子大多散伙，没散的也跑进了国统区。论说，李少卿在国统区也有分园，可以避难一时，怎奈当时其母病重，李少卿是个孝子，只让家人去了项城，剩他一人留在家中侍候老娘。日本人侵占陈州之后，要搞什么"皇道乐土"，听说李少卿的茶园办得好，就派人将他叫到了日军指挥部。

日军驻陈州的指挥官叫川端一郎，喜音乐。不知什么原因，他对河南梆子戏也情有独钟。日军占领陈州之后，他就打听到李少卿这个人，今日唤他来，主要是想通过他将这一带的豫剧名伶召到陈州来，唱上几台大戏，以显示出"皇道乐土"的神威。李少卿一听这话，比较犯难地说："太君，若在过去，这种事儿并不难。可现在战乱，戏班子有的散了，有的在国统区，不好办！更何况有不少伶人因为你们的入侵，都剃了光头留了胡须，发誓抗战不胜利决不演戏，更给这事增加了难度。你让我怎么办？"川端一郎是个明白人，他知道李少卿说的都是实情。可自己能将不容易办成的事办成了，那才叫真正的胜利。于是，他冷下脸来对李少卿说："皇军来了，你们有不少艺人不但不欢迎，而且还煽动民众反抗！这是大日本帝国所不能容的！让你来，就是让你引线，由我们来征服他们！"李少卿双手一摊说："眼下连人都找不到，你们征服谁？"川端一郎冷笑一声说："我们唤你来就是让你去找人！"李少卿为难地说："我毫无他们的信息，你让我去哪儿找？"川端一郎说："这个我的自有办法，只要你帮我们找到他们的家人就可以了！"李少卿一听这话，知道这是日本人想先将艺人们的家人抓来，然后逼他们回来。这个日本鬼子外表文静，心可狠毒着哩，他觉得这是大节问题，决不能配合他们，便冷了脸问："我要是不配合呢？"川端一郎望了他一眼，手一摆，只见两个日本鬼子将他的老娘架了出来。李少卿一看日本人抓了他的老娘，万分吃惊，怒斥川端一郎说:"我母亲重病在身,你们为什么如此对待她?"川端一郎笑了笑说:"你是孝子,我的知道!只要你帮我们,我可以让我们最好的医生给你母亲看病。不可以吗?"李少卿说:"你们真是欺人太甚!"川端一郎说:"我劝你还是老老实实地跟我们配合!"李少卿望了望川端一郎,问:"我要是不配合呢?"川端一郎一听铁了脸子,又一挥手,只见两个日本人牵来了两条狼狗。两条日本狼狗张牙舞爪,气势汹汹地对着李少卿扑来扑去。川端一郎双目紧盯着李少卿说:"你如果不配合,我就让狼狗当着你的面将你的母亲撕吃了!"李少卿一听这话,大惊失色,急忙说:"太君,万万使不得!我说就是了!"李少卿万般无奈,正欲说什么,只见他母亲突然挣扎而起,叫道:"儿呀,你万不能说,说了就成了千古罪人了!你万万不可为娘而失大节呀!"说完,老太太就要去死,可怎能动得了!李少卿望着倔强的母亲,禁不住热血沸腾,他心中十分清楚如果顺了日本人,那才是最大的不孝。想到此,便大喝一声,喊道:"娘呀,自古忠孝不可两全,儿子先您老人家去了!"言毕,上前就死死抱住了川端一郎,一口咬住了川端一郎的鼻子……枪声响,李少卿倒在了血泊里……

　　抗战胜利后,陈州人自动捐款为李少卿母子立了一块"母子碑",并特意放在太昊陵东厢房的"岳飞观"里,至今还在。

被风吹走的夏天

当家花旦

○于小渔

阿梅是个唱戏的。

阿梅的面容端庄俊朗，身材高挑挺拔，嗓音宽广浑厚，在县豫剧团里主打小生。叮叮当当穿戴披挂起来，文生儒雅，武生威风，唱念做打，全不在话下。那年到山西五台山演出，有个年轻姑娘竟然起了夜半私会的心，可见一时是迷了心窍，弄得个雌雄不分了。

凡是光彩照人的角儿，团长都是首先记在心里的。不仅是戏里，戏外也同样。已有家室的团长就惦上了阿梅，免不了暗里飞个眼神，动个手脚。一日惹得急了，阿梅劈身甩过一巴掌："我宁可嫁老刘！"

老刘大阿梅十来岁，五短身材，在团里算是个"全拿活儿"。这话怎么说呢，凡是个衙役兵卒家院奴仆的，有几个动作几句台词唱句的，都是他的事儿。他唱不了主角，不是那块料儿。

阿梅那一巴掌惹恼了团长。从此，老刘平时基本不上场，一上场就出演阿梅的爹。阿梅是杨宗保，老刘就是杨六郎，阿梅是杨六郎，老刘就是杨继业。就是成心恶心你。团里七嘴八舌，沸沸扬扬。阿梅气盛，偏和老刘大大方方红红火火地办了喜事，然后，一跺脚离开剧团，不干了。

阿梅回到老家，侍弄几亩薄地，也没多少收成。总算老刘还有一点工资。只是他过于贪恋杯中之物，每月交给阿梅的，也就所剩无几。

阿梅苦过多年。在这里我不忍详述。阿梅曾两度开怀，一子死于腹中，一子却是智力发育不全，反应迟钝。儿子十岁那年，老刘酒精中毒，一醉未醒。阿梅因为儿子的原因，难以再嫁。

阿梅组织了一个响器班子。什么叫响器班子？就是四五个人的戏班，有拉有弹有唱，附近村镇谁家过红事白事，大班子请不起，就找这样的戏班闹个动静。每人十块钱酬金，外加一顿好酒好饭。戏班只是临时凑成的，热闹热闹而已，谁会注意去听唱功看演技呢？

邻村有个中年男人猝死，请了阿梅的响器班子。那家女人身材单薄，几度哭得气绝。是啊，上有双亲年已迈，下有二子未成人。阿梅找到主事的人说了几句话，闪身进了一间闲屋。二十分钟再出来，已是青丝束起，轻粉敷面，丈余白布披了全身。她神色凝重，莲步轻移，一段《秦雪梅哭灵》，直哭得她满面清泪。全场人等，哪一个不是肠断心碎？这时大家才知道，阿梅除了生角，旦角也如此之精。

从此，提起阿梅，就有人称她为"当家花旦"。她的班子名声日大。

然而阿梅却不再唱"哭灵"那一段。她仍旧坚持只唱生，不唱旦。即使唱，最多也无非是《三哭殿》《断桥》，不咸不淡。

县里第一首富李，据说家底逾千万。膝下只有一子一女，都惯得不成样子。十六岁的儿子与人争强飙车，失手翻入沟内，车子和人都摔得七零八落。首富李爱子如命，却多少大剧团不请，单单请了阿梅的响器班。

首富李是派了中间人和阿梅单独谈判过的。

中间人说，关于酬金，可以随意开口，八千也行，一万也可，只是条件有四。

第一，唱《秦雪梅哭灵》；

第二,要哭出眼泪;

第三,身披重孝,双膝跪在灵前唱;

第四,唱词中"商郎夫",一定改为"李郎夫"。

阿梅听完这四条,双眉微蹙。然后说,你等等。转身进了里屋。中间人坐在外面,等了足有半小时之久。

是年,阿梅的儿子已经十九岁,仍日日街头耍玩,仿佛孩童一般。而阿梅,已经四十六岁。

首富李的儿子发丧那天,万人空巷。

自此,阿梅一改往日陈规,只要事主给足价钱,随意点戏。竟然方圆百里十分出名。尤其是白事,没有不请阿梅的。出高价点《秦雪梅哭灵》,成了很有面子的事。阿梅挣钱了。

挣了钱的阿梅,突然把班子解散了。其实没解散,她退出了,这相当于解散。她和儿子一起消失了一段时间。等她再回来,手里拉着一位怯生生的姑娘。她家里高高挂起了儿子与那姑娘的结婚证。大家不知道她是怎么办的证。后来有人偷偷传言,那姑娘是她从南方买来的,花了四万五。

儿媳妇进了家,阿梅再也没有开口唱过。她开了一个小小的杂货铺。

有时候我去买日常之需,小小的杂货铺里看不到阿梅的儿子,那个南方的姑娘走来走去,倒很殷勤。一辆小推车停在店中间,里面是胖乎乎粉嘟嘟的一个女婴,在玩,或者在睡。

阿梅呢,阿梅也许就靠在柜台边上沉默。谁也不知道她在想什么。

五爷的二人转

○包利民

五爷年轻的时候,对二人转痴迷到了一定的程度,不但爱听,而且能唱,那真是宁舍一顿饭不舍二人转。那时村里常组织草台班子演出,五爷理所当然地成了主角儿。那时候基本没有什么娱乐项目,每天天一擦黑,人们撂下饭碗便去大队院里听五爷唱二人转。

后来五爷他们唱出了名堂,十里八村的人都来看,大队院里黑压压地挤满了人,很是热闹。五爷就唱得特别起劲儿,那嗓子也越发嘹亮,唱得人们的心也跟着忽上忽下起伏不定。由于观众骤增,班里决定再招些演员,虽然没啥报酬,各村喜欢唱两句的却都来报名。经过考核,有几个人便加入了进来。其中有个叫秀梅的姑娘特别抢眼,人长得漂亮,嗓音也甜,于是班里便让她和五爷搭档。

五爷和秀梅这一对搭档可了不得,真是唱得人们如醉如痴。那时两人唱得最多的就是《冯奎卖妻》,悲悲切切,直唱得那些父老乡亲不停地擦眼泪。这唱来唱去的,两人的心思就起了微妙的变化,互相看着的眼神也越来越含情脉脉,于是两人的二人转便唱得更默契。五爷虽然唱二人转厉害,说话却不行,卸了装便对秀梅一个字都说不出来。

有一天演出前,两人在屋里上装,秀梅忽然就对五爷说:"五哥,你看这也怪了,以前吧我也常唱,那时唱得最多的就是《王二姐思夫》。自从和你搭档,都快忘了《王二姐思夫》咋唱了!"说完,脸红了。五爷嘴笨脑袋却不慢,一下子就明白了秀梅的心意,激动得还没上台就甩开了嗓子。那天晚上的演出,五爷心神不定地唱走调好几个地方,幸好人们并没注意。

后来五爷就和秀梅成亲了。这中间也有插曲,五爷的亲戚们都不同意他和秀梅在一起,说秀梅这姑娘一看就靠不住,怕是过不长。可五爷倔劲儿上来谁也拦不住,最终两人还是进了一家门。结婚之后两人还是常常去唱二人转,配合得也越来越好,可以说是远近闻名,县里有时都来请他们去演出。

可是好景不长,"三年困难时期"来了,这时人们连肚子都糊弄不饱,哪还有闲心去听二人转,于是班子解散了。五爷感觉很失落,有时会自己在家吼上几嗓子。此时他们已有了三个孩子,生活更是窘迫,看着那几张饿得合不上的嘴,五爷连吼几嗓子的心思都没有了。而秀梅却和他不一样,有时县里还会找她去演出,那时,只有五爷在家带孩子,瞅着冷锅冷碗发愁。五爷再没了往日的精神头儿,而秀梅却越发滋润了。

终于有一天,秀梅提出离婚。五爷暴怒之下狠揍了她一顿,不准她再去县里唱二人转。可没过几天,县里竟来个男的接秀梅。看着他们两个暧昧的神情,五爷真想揍他们一顿。可刚举起拳头,那男的掏出一沓钱来。五爷看了看有气无力的三个孩子,手终于软了。

离了婚的秀梅无牵无挂地飞走了,据说进了县剧团,依然意气风发地唱二人转。五爷的日子可不好过了,虽然有了钱可以喂活几个孩子,却受不了别人背后戳他脊梁骨。人们说他原来总唱《冯奎卖妻》,到最后还真把老婆给卖了。五爷从此便阴沉着脸,话都很少说,二人转更是想都不去想了。

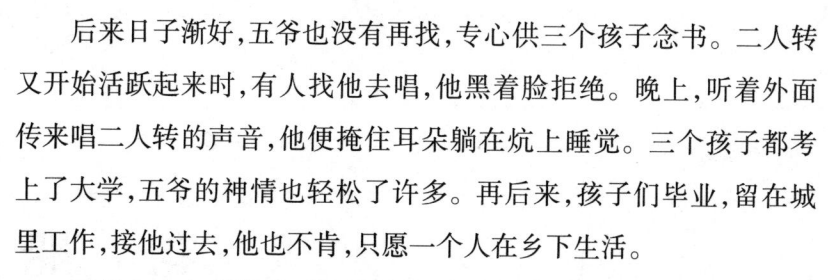

后来日子渐好，五爷也没有再找，专心供三个孩子念书。二人转又开始活跃起来时，有人找他去唱，他黑着脸拒绝。晚上，听着外面传来唱二人转的声音，他便掩住耳朵躺在炕上睡觉。三个孩子都考上了大学，五爷的神情也轻松了许多。再后来，孩子们毕业，留在城里工作，接他过去，他也不肯，只愿一个人在乡下生活。

　　五爷七十大寿那天，孩子们都回来给他祝寿，村里的老少爷们儿也来了不少。喝了几杯酒之后，有人对他说："老五啊，这么多年了，村里人都知道你是啥样人，别人嚼舌头还能嚼一辈子？孩子都大了，还有啥放不下的呢！"

　　五爷的眼里闪着泪花，仰脖干了一杯酒，忽然就开口唱道："一轮明月呀，照西厢……"

　　时隔几十年，五爷嗓子还是那么透亮，却带着一种沧桑与凄凉，在座的人，无不掉下泪来。

被风吹走的夏天

花 船

○王 往

花船在虚拟的水上行走。船内的女子叫船娘,船外的男子叫艄公。船娘和艄公的舞步就是江河流水。

他和她在陆地上制造险滩暗礁、惊涛骇浪,也制造一帆风顺,风花雪月。

他是丑角,身着黄衫,腰系红绸,头戴凉帽,手持竹竿和芭蕉扇。竹竿要又细又长,凉帽和芭蕉扇要又破又烂,才显出戏剧的夸张、谐趣。在激越的锣鼓声中,他表演起锚、扯篷、支船、撑船、跑船……他在这些动作中展示着自己的绝活儿:倒立、飞脚、凤点头、鱼跃水……

她是旦角,身着彩装,花袄花裤花鞋子,花船吊在腰带上,随着艄公的竹篙指引和音乐的节奏而动,左右摇晃,跌宕起伏,时而逆流而上,时而顺流而下,有激流勇进,也有轻舟荡漾……

轻舟荡漾的时候,是他们展示说唱功夫的机会。他嬉戏,挑逗,或说或唱,她答非所问,故意刁难,故事在矛盾中向前发展,在音乐的伴奏中吊人胃口……终于,他认错了,她也戏耍够了,他们找到了共同话题,音乐变得悠扬、欢快了,他们开始合唱了。他轻点着竹篙,她轻晃着花船……

在我们平原上,每个乡镇都有不少这样的花船艺人。

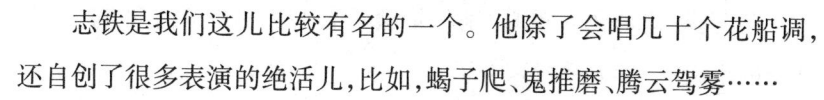

志铁是我们这儿比较有名的一个。他除了会唱几十个花船调,还自创了很多表演的绝活儿,比如,蝎子爬、鬼推磨、腾云驾雾……

年轻时,他的花船戏在县里省里的农民文艺会演中都拿过奖,喜欢他的姑娘数不过来。平时,只要出了庄稼地,他就穿上练功服,拿着折扇,在文化站附近转悠,一副正式演员的样子。三天不演戏,他就急了,催着文化站站长老孙赶紧组织。老孙一答应,他就不由自主地点头晃脑,好像花船就在身边,马上要入戏了。

突然之间,看花船的人少了。电视普及了,镇上还有了电子游戏室,有了溜冰场。加上文化站的经费有限,村里的钱也不好要,老孙就懒得组织了。

志铁很失落,天天喝闷酒,喝醉了,自己一个人唱着花船调。

女儿嫌他烦,说,爸,除了演花船戏,你就没得别的事做了?志铁说,你不懂……

一天,退了休的文化站站长老孙来找他,说荷叶村的一位老人最近要过八十寿辰,想看花船戏,家人委托他找人演出。志铁说好啊,就去找人了。可是人马很难组织,原来玩花船的一帮人都外出打工了,找来找去,只找到了美莲。美莲以前和他是最好的搭档,美莲的船娘演得最好。美莲答应了,可是伴奏的人到哪儿找呢?回去和老孙一说,老孙说就不要伴奏了,你好歹应付一下了事。

美莲的唱功还在,舞蹈稍微吃力了,好在志铁配合得好,观众没少给掌声。一场演出下来,主人给了两百块工钱,又另给了一条烟,算是感谢。志铁把烟留下了,钱全塞给美莲,美莲却一分也不要。

志铁说,这怎么行呢,以后我还想和你演呢!

美莲说:这次我是抹不开你的面子,以后我再不演了,哪还有什么人看这个呀。

志铁说:看的人不少啊,你看今天的场面。

美莲说:这是老人想看,别的谁会请你演?就是演了也没意思,伴奏的也没有,没人爱玩这个了。

志铁叹气:唉,你也不玩,他也不玩,花船戏不就死了吗?……

转眼间过年了。前些年,花船戏要从初一演到十五的,现在他只能闷在床上了。到了正月初二,志铁实在闷不下去了。他重新扎了一个花船,披红挂绿,十分艳丽。然后,化了装,自己顶着花船,拖了竹篙,去了乡里的文化站,将花船摆在门前空地上。逛街的人围了上来,志铁开始表演了。他轻点着竹篙,对着观众说:我家船娘回娘家了,这可苦了我这个艄公了哟,今天我只能一个人过险滩闯风浪了……然后,开始船头船尾地表演起艄公的绝活儿。

志铁正表演得投入,女儿来了,打断了他:爸,你这不疯了吗,一个人演给谁看?

志铁还用戏剧的动作和念白,拿破芭蕉扇指着观众说:好女儿,你看真切了,这不都是看的人吗?

观众们都笑了。

女儿说:你快收拾起来回去吧,一个人在这儿演戏,也不嫌丢人。

志铁突然冷下脸说:你给我滚,我演戏不关你事!

女儿说:好吧,你演吧,不演戏好像就活不下去了。

说完,气呼呼走了。

志铁又恢复了戏剧的动作和念白,夸张地踮起脚,看着女儿的背影,又做了个鬼脸对着观众说:小孩子家不懂事,不知我艄公的辛苦,我要是不演花船戏,这日子还有什么过头儿?就算我活下来了,可是花船戏死了怎么办?所以我要演,你们说是不是?

是!有人回应道。

观众中有个女人擦了一下湿润的眼睛。

那我就继续演了。

志铁做出撑船的动作,说:船娘不在家,我可得把这船撑好了——志铁点起竹篙,舞动起来了。

突然间,观众中走出一个人,走向花船,掀开窗帘,跨了进去,顶起了花船。

花船

是美莲!

志铁大叫一声:船娘回来了!

船娘回来喽! 观众们叫好。

志铁做了个掀窗帘的动作,颤抖着叫道:娘子,我们开船啦——

好,开——船——

花船舞动起来了。

竹篙舞动起来了。

虚拟的水真实地流动起来了……

被风吹走的夏天

断　桥

○王　往

　　吕怀岁决定学京剧那天,带着一半欣喜一半痛楚。

　　以前,吕怀岁到了职工俱乐部,只是和几位老人在棋室下棋,或者看看报纸,聊聊天。小戏院与棋室近在咫尺,管弦之声不绝于耳,吕怀岁不太感兴趣,且听且不听。那天,吕怀岁去职工俱乐部时,碰见了一位二十五岁左右的姑娘,吕怀岁心里一咯噔,觉得这人好面熟,可怎么也想不起来。姑娘走过,吕怀岁盯住她的背影看,看她的脖颈儿,看她的腰姿,看她走路的姿态,看得眼睛昏花。

　　那姑娘进了小戏院,吕怀岁也不知不觉跟着进去了。

　　韩玉蛾来啦。有位老者对那姑娘打招呼。

　　来了,就排戏吧。又有老人说。

　　于是,就开始排戏了。

　　叫韩玉蛾的姑娘和其他人一样,忙着换装。

　　换好装,云板响,管弦起,开始排戏了。

　　戏为《白蛇传》之《断桥》一折。

　　那位韩玉蛾扮演小青。只见她腰佩长剑,身姿绰约,眉宇间有几分俏皮几分幽怨几分威严。手眼步法,处处传神;唱念做打,样样不凡。吕怀岁越看越入迷,越看越动心。小青的那双眼睛,让他越看越

熟悉,让他有些悸动,他觉得那目光一直探到了他心里。

当许仙上场与白素贞断桥相会时,小青刷地抽出长剑,怒目而视,挥剑刺向许仙,许仙吓得连连后退,白素贞奋力阻挡小青的剑与白练,许仙吓得跪下向白素贞求情……

那一刻,吕怀岁的衣衫都湿透了,当小青的目光与他对视时,吕怀岁就低下了头,伸手去抹额头上的汗。

韩玉蛾手中的那把长剑一下子为吕怀岁刺破了岁月的尘网——

在穷山恶水的牯牛寨,知青吕怀岁与女知青夏青相爱了。

回城时,吕怀岁的父亲,原浦江市市长吕原明平反了,重新走上了领导岗位。

女知青夏青也回城了。当吕怀岁向家人说他将娶夏青为妻时,遭到了父母的反对,理由是夏青是普通工人之女。其时,夏青已有身孕。吕怀岁向朋友诉说了自己的烦恼,朋友们没有一个赞成他与夏青分手的。多少天后,吕怀岁约夏青去黄山,二人上了天都峰。吕怀岁望着山峰间的流岚,有些痴情地说,夏青,我们只有以死抗争了……夏青泪如雨下,点头说:"怀岁,我们来世再做夫妻吧。"说罢夏青便纵身从天都峰上跳下,吕怀岁却转身跑了。

时光无情催人老,不经意间,竟青丝染霜,夏青在他的记忆里一片斑驳。

而今扮演小青的韩玉蛾多像当年的夏青啊!

可是,因为他的绝情,夏青已永不再回人世了,而韩玉蛾和他有什么相干呢?

想是这么想,可吕怀岁仍不免天天朝小戏院跑。

他想见到韩玉蛾,又怕韩玉蛾,怕她手中的那支长剑。

而每次曲终人散时,他想起韩玉蛾责备的目光,心里反而感到有所慰藉。有时他荒唐地想:要是韩玉蛾那支剑向自己刺来,把自己的

心刺破,也许是一件痛快淋漓的事吧。

吕怀岁有了一个想法:学京戏。

吕怀岁找到了小戏院负责人,要求学戏。业余爱好,谁来学都行,你来吧。负责人说。

吕怀岁一阵激动。

吕怀岁的进步很快。

有一阵,扮演许仙的演员文德山病了,吕怀岁自荐要演许仙,戏友们说试试看吧。

没想到吕怀岁演《断桥》时,很快进入了角色,将许仙受法海愚弄后的愤懑,见到白素贞时的愧悔,面对小青的胆怯,演得活灵活现。戏友都说,吕怀岁唱腔、演技确实不赖。

一日下午,吕怀岁在途中碰见文德山。文德山说他病已好了,明天下午就去小戏院了。吕怀岁说:"那我跟你商量件事儿?"文德山问何事。吕怀岁说:"以后,许仙就让我一直演吧?"文德山半真半假地说:"这怎么能行呢?我岂能把白素贞让给你,她跟我许仙都有孩子啦!"

吕怀岁心里一慌,怏怏不乐走了。

第二天,《断桥》又排演了,白素贞的演员没换,小青也还是韩玉蛾扮演,吕怀岁演许仙。

白素贞腹中疼痛,胎儿将要分娩,却不见许仙的面,小青与白素贞相拥悲泣。

许仙上场。

小青见了。"许仙,你为何来此?"——一声怒斥,刷地抽出长剑。

许仙往后一退,却又停止,上前两步,迎着那剑撞去。

那剑竟刺进了许仙腹中!

小青愕然,拔出剑,剑上鲜血直滴。

许仙的腹部血如泉涌,他对着小青笑,两行泪水滚滚而下。许仙叫了声"夏青——",便扑倒在地。

一切发生在瞬间,那么突然!

待众人回过神来,抱起许仙时,许仙说道:"别怪小韩姑娘,昨晚,是我把她的剑换了真家伙。这样……好……"

被风吹走的夏天

苦　戏

○秦德龙

剧团有个不成文的规矩,谁的日子不好过了,就安排他唱一出苦戏。苦到什么程度?苦到让他生不如死!据说,在戏中受苦的人,就会在现实中时来运转。

于是,那些自我感觉命苦的人,都争着唱苦戏,把苦戏当成改变命运的契机。吃得苦中苦,方为人上人啊。在戏中受苦了,就会在现实中得到幸福!

方青拓却不这么看,他从来不争着演苦戏。他不在戏中做苦命鬼,也不求在现实中做幸福神。别人排练苦戏的时候,他就到公园里遛弯。一边遛弯,一边听票友们唱戏。公园的亭子里、长廊中、草坪上、树荫下,有许多票友在唱戏,哼哼哎哎,嘀嘀哩哩,唱得兴起。唱什么?细一听,都是苦戏。有《秦香莲》《窦娥冤》《桃花庵》《清风亭》《卖苗郎》《大祭桩》……都是些有名的苦戏,唱腔凄凄婉婉,悲悲切切。

老百姓爱唱苦戏啊。方青拓忍不住叹息。

其实,方青拓是个很苦很苦的人。少年丧父,中年丧妻,晚年丧子,人生的三大不幸,都让他占全了。这让他一度失去了活下去的勇气。剧团曾安排他唱一出苦戏,转转时运。可是他不唱,他婉拒了。

他宁愿一个人守着孤独,慢慢品尝人生的痛苦。只有心情放松下来的时候,他才转到公园,听听票友们唱戏。

当然,票友们都认得他。谁不知道他啊,县剧团的台柱子。有时,票友们也喊他唱两段,可他却矜持着不唱。他抱这种态度,票友们就不喊他了。一来二去的,仿佛他这个会唱戏的人,并不存在。票友们自唱自的,该哭就哭,该笑就笑,图的是唱出来痛快。

日子久了,他被人们遗忘了。

突然有一天,县剧团倒了台子,他和大家一样,散摊回家了。

谁都没想到,方青拓站了出来,将剧团的散兵游勇们组织起来,专门到公园里唱戏了。自然是,唱苦戏。不同的是,演员和票友们打成一片,混台演出。他们不分专业和非专业,也不化装,竟唱得如泣如诉,如哀兵临战。有时候,方青拓亲自登场唱两段,饰演苦戏的主角。听着他那悲亢的唱段,观众们总会忍不住落泪,忍不住哀叹。

苦啊,民间受苦的大众。

苦啊,谁不想倒倒心里的苦水?

真正的悲苦,是把美好掰碎了给人看。而悲苦,将在世间永存。方青拓早就明白这个道理。所以,他主打苦戏这张牌,越唱越红火了。剧团一红火,就有人来请了。

来请的人,多是些大亨、老板。

大亨、老板们经营着赚钱的买卖,事业如火如荼。大亨、老板们都想请唱戏的班子来唱一唱,助助兴,弄个开门大吉、鹏程万里什么的。但有一条,他们不许唱苦戏,最好弄两个小丑出出洋相,或弄几个小妮儿露露肚脐扭扭屁股。

方青拓怎么能答应?

方青拓不答应。大亨、老板们怎么求,他都不答应。那就派人挖墙脚吧。大亨、老板们让一个油嘴滑舌的人招兵买马,凑了个草台班子。也许是故意使坏,草台班子每天都上公园招摇,把看热闹的人引走,引到商场门前。然后,锣鼓喧天地敲一敲,声色电光地嚎一嚎。

方青拓成了光杆,就一个人对着公园里的湖水吊嗓子,唱苦戏,唱得大悲大恸,唱得天昏地暗。

渐渐地,那些被草台班子拉走的观众,又回来了,听方青拓唱苦戏。先是听他唱,然后,跟着他学唱。唱苦戏的人,又一天天多了起来。公园里恢复了往日的戏味儿戏趣儿戏劲儿。当然,都是悲剧的戏味儿戏趣儿戏劲儿。

那些大亨、老板们怎么都不明白,人们为什么喜欢听苦戏、唱苦戏。难道人们愿意重吃二遍苦、再受二茬罪吗?想不明白,就只好躬身向方青拓求教了。

方青拓淡然一笑:你们啊,都忘了自己从前受的苦,都不知道苦戏是人生的营养。

大亨、老板们似有所悟。于是,他们跟着方青拓咿咿呀呀地学起戏来。他们唱了一句又一句,直唱得泪流满面。唱着唱着,大亨、老板们终于明白了,人们为什么喜欢苦戏。是啊,许多人吃过苦,许多人正在吃苦。说到底,真正的人,都是用苦水泡大的。只有经历大灾大难、大悲大痛,才能让人脱胎换骨。更不要说每天有那么多人去火葬场烤火了。烤完火,烧成灰,人还有什么呢?

大亨、老板们像许多人那样,深深地爱上苦戏了。每天,他们都会情不自禁地唱上两句。而方青拓,听到人们唱苦戏,总要流露出忧郁的目光。

客　轿

○赵淑萍

郑店王来了兴致,今天打算去姚城,特地去看一场戏。

天刚蒙蒙亮,他就出发了。他穿了双半旧不新的草鞋,兜里塞了一双布鞋和两个馒头。出门前,特意经过儿子的房门口,顺手一推,这小子睡觉居然又没闩门,房里一股酒气,鼾声打得像响雷。"孽障!真是前世作孽,出了这么个败家子儿。"郑店王长叹一声,步子沉沉地上了路。

"郑店王,出门办事?"路上的人半是招呼半是讨好。郑店王说:"姚城今日有滩簧班子,我去看看。"对方说:"你舍得跑那么远的路去看一场戏?"郑店王顾自走去,脚步轻盈起来。

"死老抠,那么长的一溜店,还穿着破草鞋装穷。"招呼的人冲着他走远了的背影骂了一句。

出了竹岙村,郑店王的脸渐渐舒展开来,嘴里还哼几句跑调的滩簧。他似乎看见戏场子里敲锣打鼓,生旦们齐齐地等着他到场呢。他没别的嗜好,就是恋着戏。到了横河镇上,几顶客轿闲置在路边,轿夫们一见是他,生意也懒得兜。打他们做生意起,这土财主就没坐过轿子。哪一天他坐了,除非是他又娶亲了。可郑店王正常着呢,离开横河,想着自己不坐轿,等于又多了一笔进账,心里乐滋滋的。

被风吹走的夏天

郑店王穿了一身做客的衣服,他不想让城里人看不起,似乎看戏就得有相称的服装。他跑这么远去看戏,可他从来没在竹岙村大大方方地看过戏。每年有草台班子在乡村巡回演出,每个地方的乡绅、财主、富农总归得出点钱,请村里人看几出戏。这于他,简直是割他的肉要他的命。每当这时候,他总是借故东躲西藏。开戏了,锣鼓一响,他坐立不安,就像有无数条小虫在咬他的内脏,但他又不敢露面。他知道,出了钱的族长太公、王财主等就坐在台前的一排好位置里,抽着旱烟嗑着瓜子扬扬得意。他也怕村里人看见他,讽刺他只进不出。只有夜里戏演到后半场的时候,他才把那顶旧旧的绍兴毡帽往下一拉,鬼鬼祟祟地向戏台走去。今天,姚城有戏,他可以痛痛快快地看了。他一进城,见无人注意他,就悄悄换下草鞋,拿出崭新的布鞋套上,气派地往戏场走。

戏是白看的,姚城的戏班到底比村里的要好些。那个唱花旦的娘儿们还真俊俏,像杏花一样新鲜、水灵。上午的戏等他到时就快要结束了,他很不甘心。中午,吃了两个冷馒头,在树荫下等。下午倒是完整地看了一场。傍晚,他狠狠心买了一碗凉粉和一包豆酥糖,嘴里眼里都不停地"吃",那心也忙得蹿上台子。天色已晚,他恋恋不舍地离开戏场,满脑子还都是戏里的人在走在唱。想想住旅馆得花一笔冤枉钱,倒不如赶夜路来得凉爽,他又换上了草鞋。

月亮躲到乌云里,他高一脚低一脚,刚走出城不远,后面隐隐有亮光,原来是顶客轿上来了。渐渐地,亮光映出他贴着地的影子,直往前奔,等到身影缩回脚下,客轿超过了他。"今天净是好运气,有轿子上的灯笼照路。"他想。

他前边,灯笼照出亮晃晃的路,再远就朦胧了。眼见到了岔路口,那客轿拐进了他要走的那条路,那是通向横河的路。他乐了,心里喊:"老天保佑,这轿正和我同路。今天这日子择得好,不仅看了戏

还借了光。"

客轿一进横河镇,他揣摩,坐轿的人必定在这里下轿。谁能这么阔雇客轿?肯定是镇上的阔佬。那么,黑灯瞎火里,竹峇村的路就难走了,仿佛双眼即将被人蒙上黑布,他心里畏惧起来。

可是,客轿居然没有停下来的迹象,仍执着前行,穿过街路,转入了他熟悉的土路,那条路正通往竹峇村。这么巧,就像事先约定的一样。

灯笼照得土路清清楚楚。他琢磨,客轿里坐的是谁?村里,还有谁实力能跟他相比?要不,就是姚城的富商来村里走亲戚?赶夜路,一定有要紧的事儿。他的心亮堂堂的,想,这是吉兆。

不知不觉,客轿进了村。该各投门户了,可是,那客轿仿佛要照顾到底,径直往他要去的方向走。不出一会儿,客轿竟然停在他家的院门前。他脑子搜了个遍,也没有姚城的亲戚。

只见轿子里走出一个熟悉的人影。郑店王赶上前。儿子怔了一下,说:"爹,这么晚了,你刚打烊呀?"

郑店王指着儿子,气得不行,挥舞着手说:"你这败家子儿,我穿着草鞋赶路,你乘着客轿摆阔,我辛辛苦苦攒钱,还不叫你给漏光了?你去姚城做什么?"

郑店王撵着儿子打。

郑店王愤愤地说:"坐吃山空,败家子儿,你倒想得开。"

被风吹走的夏天

戏　霸

○刘建超

老街的戏园子不在老街的繁华处。沿着老街往东走，出了丽京门，走上两里地，有一处桃园，桃园对面就是老街的戏园子。

老街是商贾之地，三教九流，人物繁杂。听戏是个清静事儿，在嘈杂喧闹的地界里是不能安心听戏的。老街的戏园子在丽京门外，去戏园子听戏，就成了老街人闲散怡情的乐趣。有戏班子来，站在丽京门城墙上，就能听到戏班子人咿咿呀呀地喊嗓子，影影绰绰地看到戏班子人练功跑圆场。

老街人爱听戏，对在老街发生的梨园趣事，无论过去了多少年，老街人也能如数家珍，念叨个细细致致。最让人津津乐道的是"戏霸"洛半城。

说起洛半城，老街上点年纪的人都记忆犹新。洛半城原是开乐器铺子的，卖锣鼓铜镲古琴竹笛，也是半路出家喜欢上唱戏。玩票也玩出了精彩，嗓音亮，粗犷豪放，唱花脸能声穿半个洛阳城。洛半城进老街戏班子时已是二十多岁。跟着戏班子，开始只是唱唱折子戏，后来就排全本的《铡美案》《霸王别姬》《西厢记》。洛半城既可以扮花脸演唱他最拿手的包拯爷，也能来悲愤颓唐的《卖马》里的老生秦琼，还能变身《西厢记》里尖音假嗓的小生张君瑞；更绝的是他能反串

《大破天门阵》的穆桂英,老街人把十八般武艺集于一身的洛半城称为"戏霸"。

洛半城读过几年书,识字不多,脑子特别好使,尤其是看戏有过目不忘的本事。那年,河北来了戏班子,唱的是连本的评剧《穆桂英大破洪州》。老街人听着过瘾,洛半城也想把戏给留下来。他买了厚礼去见了戏班子的老板,人家把礼收了,就是不给剧本,说的话也不中听。同行是冤家不说,也根本没有把老街的小戏班子放在眼里,连个正儿八经的角儿都没有,别说不给你,就是给了你本子怕也是糟蹋了。洛半城也不计较,连看了三个晚上的戏,把《穆桂英大破洪州》从头到尾一字不差地背了下来。河北的戏班子到附近几个地点唱了半个来月的戏,再回到老街,竟然看到洛半城带着老街的戏班子在演出《穆桂英大破洪州》,惊得戏班老板连声叹道,霸道,太霸道了。

戏霸洛半城在他最红火的时候,忽然就不再登台唱戏了。谁也不知道啥原因,传得最广的一个版本说是因为看上了他的小师妹梨花白,可是梨花白却又不知何原因要独守其身终身不嫁,洛半城因情所困,便不再登台。老街人都摇头唏嘘,感叹不已。

洛半城不登台唱戏,在老街八角楼旁开了一家小店,半城水席园。门面不大,生意却是不闲。老街的人怀旧,来此吃饭多半是看看洛半城,谈谈往昔,期望着洛半城能再出江湖。洛半城只是热情地招呼顾客,从不提唱戏之事。老街人就说,谁要是能让洛半城给唱出戏,那真是得有天大的面子。

岁月把"戏霸"演化成了一个美丽的传说。

老街经过改造,八角楼焕然一新。半城水席园也发展成了古典风格的二层小楼,生意依然火爆。

九月天,秋高气爽。半城水席园来了一桌客人,点的是最贵的菜,喝的是最好的酒,五六个光头健壮的小伙子要见老板洛半城,非要洛半城来给哥儿几个唱上一段,否则就砸了这店的招牌。满嘴酒气的几个年轻人把服务员吓得不敢靠近。还没有听说过,有人在洛半城的店里闹过事的。洛半城不但有当年戏霸的声誉,为人处世也是极其厚道。洛半城每年都要出资奖励老街考上大学的孩子,七十岁以上的老街人,来店里办寿宴的一律免费,深得老街人的赞誉。听说有人在半城水席园闹事,围观看热闹的就把楼上楼下挤满了。

有人说,洛半城不在店里,别闹了。

不在店里我们哥儿几个可以等,等多长时间都行,反正我们这酒也还没有喝够哪。

有人说,别闹了,再闹就报警。

报警,报吧。哥儿几个天天来这里吃饭,你就天天报,哥儿几个奉陪。

就是,前些日子,家里办事,出钱请这个当年的"戏霸"给走个场子,嘿,还不给面子。今天,也别怪我们哥儿几个不给面子啊。

明眼人知道,这是被街上的小混混给缠上了。老街不怕别的,就怕难缠的小混混。别的事情是可以用钱来摆平的,小混混要的是面子。

正僵持着哪,忽然听到一声吆喝:圣旨到——

众人诧异,却见洛半城身着朝服,手持一方锦缎,大步走来。身后跟着个小厮,抱着一罐杜康贡酒。

洛半城走到青年人的桌前,展开锦缎,朗声念道:奉天承运,皇帝诏曰,时乃国泰民安、秋风送爽之日,朕闻众位爱卿在此雅聚,甚感欣慰。望众位爱卿爱国守法,体恤民情,共建老街和谐之城。特赐美酒一坛,佳肴免单。钦此。

片刻的沉默,接着便是暴雨般的掌声、叫好声。几个脸红脖子粗的年轻人也不好再说什么,接过酒坛,抱拳说,"戏霸",哥们儿服了。

走人。

安静下来,洛半城坐在二楼窗前,望着远处怡心胡同出神。

洛半城的师妹梨花白就住在怡心胡同。

戏 友

○梅 雪

小海是小戏迷,四五岁就跟着大人到戏园子里去看戏。小海家不远的地方,有一个戏班子,跟小海家恰好隔着一道高墙。小海听完戏,一高兴,就在墙这边连比画带唱,墙那边就有脆生生的叫好声隔墙送过来:"好——!"

小海唱得越发带劲。

那天,小海又在墙这边唱:"真宋江,假宋江。"头一句唱完,换口气想接着唱下去。"难免李逵祸遭殃",墙那边传来一个孩子的接唱声。小海找来梯子爬上高墙,探头往那边望。墙那边,一个穿蓝绸大褂的男孩儿,正抬头望着墙上,两双晶晶亮的黑眼睛一碰,都咧嘴乐了。

那个一直隔墙为小海叫好的男孩儿就是他,小荣,是班主的儿子。小海认识他时,他已经跟着父亲学了几年戏。

梨园行内有规定,不是本科班的弟子,外人一般难得看到他们练功,怕被人偷艺。小荣的父亲在这方面管理尤其严格,可小荣还是能隔三岔五把小海带到他们练功的地方去。一根廊柱子,一丛茂盛的美人蕉都能成为小海的藏身之处,他躲在那里,远远地观望,心里却在清晰地比画,"幺""二""三""兜"转身……

那日正赶上小荣学戏,有几个动作小荣怎么做也做不准,柱子后面的小海看得急了,早忘记了自己的身份,一下子就从柱子后面闪出来了:"小荣,你'幺''二''三'时膀子要这样,你没听师傅说不能夹膀子吗?要抬高点,'兜'的时候是迈右腿的,你迈错了……"说完,才发现小荣的师傅也是小荣的父亲,正大睁眼睛瞪着他。小海伸伸舌头,脸一下红了。

"嗨,小子,你都跟谁学的?"小荣的父亲并没黑下脸来。这躲在柱子后的小戏迷,他早就发现了,也知道是儿子小荣带回来的。

"我就是跟您学的。"

"你还愿意学吗?"

"愿意。"

"好,那就跟着他们一起学吧。"

小海从此就成了一名正式的旁听生。他和小荣可以光明正大地在一起学戏,演戏,讨论戏。除了吃饭睡觉时间,两个人真个儿成了形影不离。

小海和小荣一起到戏园子去看戏,坐前排,轮不到他们,坐后排,太远了,看不到,两个人就看好舞台下面两边的柱子。左边一根柱旁,站着小海,右边一根柱旁,站着小荣,舞台上演员的行动都看得清清楚楚,唱腔对白都听得清清楚楚,再没有比那更好的地方了。中间隔着很多观众,也隔不断他们对戏的交流。看到精彩处,两个人不约而同把脸扭向对方,一齐拍巴掌叫好儿。看到会心处,彼此对望一眼,轻轻一笑,那也是一种交流。

"好得这样儿,干脆搬一起住一辈子得了。"小海的母亲看两个小戏迷天天黏在一起,忍不住打趣儿子。

"啊——母亲——,您说到儿的心眼儿里去了——"小海拖着戏腔儿抱拳向母亲作揖。

一辈子在一起,自然只是大人的玩笑话。舞台上,一辈子很短,幕起幕落就是一生。舞台下,一辈子又很长,风风雨雨,酸甜苦辣皆让人尝遍,也不一定就算到了尽头。童年时的小荣跟着父亲学戏,父亲又是戏班班主,日子过得算是无忧无虑。小海则没他幸运,八岁上家里连遭变故,只得结束自己旁听生的生涯,正式签书入了科班学戏。倒没入小荣父亲那个戏班。小荣父亲说,那个科班太小,怕误了小海的艺。小海去了另一家有名的大科班。从此便与小荣分开了。

　　都还在梨园界里转,转来转去就转出不同的山水。小海是天生的戏坯子,入得科班,经过师傅的严格训练再加上自己的勤学苦练,不几年,他就是红透梨园的名角儿了。小荣的光景与他倒了个个儿,先是父亲的戏班子散伙倒架,再过几年,父亲一病不起,家里的日子江河日下,小荣也很用功地练功唱戏,无奈天分有限,到底也没能唱出来。小荣最后竟沦为小海科班里一名提茶倒水的打杂儿,家里日子过得分外艰难。

　　小海原本不想把那根金条送给小荣的,怕伤他自尊。可他到底看不下去,要过年了,小荣身上还穿着那件破得露棉花的棉袍子。小荣倒没表现出什么,很痛快地把那根金条接过去了。接过去,又弯腰冲小海很恭敬地说了句:"谢谢老板……"

　　小海没说什么,急匆匆转身走了。

　　二十三,过小年,家家忙祭灶,已经做了班主的小海到戏班子去转转,也想顺便看看小荣是否置办好了年货。走到科班大门口,小海一下子愣住了,那张常写通知广告的板子上,工工整整写着一行大字:过年了,老板为大家伙置办的年货,一人一份儿,速来我处领。落款是小荣的大名。

　　小海的眼里,一下子有了泪。

兰　君

○梅　雪

那天,兰君匆匆忙忙走在从下榻处到戏园子的路上,途中经过另一家戏园子的门口。门口竖起大大的海报,海报上那个眉清目秀的人,那两个大大的汉字"颜皇"剑一样直刺兰君的心脏。

炫目的阳光底下,兰君手抚胸口,感觉那里有什么,清晰地碎了。

他做梦都不曾想到素颜会以那样的姿态出现在这座城市,又是如此地决绝迅急。

她和他唱戏的园子隔得不远,隔条街两两相望。站在舞台上,他甚至能清晰地听到对面戏台上素颜苍劲醇厚的声音破空而来:有寡人离了燕京地,梅龙镇上闲散心……好花儿出在深山内,美女生在这小地名。孤忙将木马儿一声振……

后面来了卖酒的人。台上的兰君心乱如麻,不由自主就接上了下面一句。台侧的琴师鼓师全齐齐愣在那里。好在兰君的舞台经验丰富,一个急转又回到自己的戏里头来:自幼儿生长在梅龙镇……

素颜那是跟兰君叫板呢,跟他选在同一个时间唱同一出戏。唱他们的红娘戏——《游龙戏凤》。

接到来这个城市演出的通知时,兰君正在一家古玩市场上逛,在给素颜精心挑选一件心仪的礼物,准备在他们相识三周年那天送给她。素颜说她喜欢石涛的《兰花图》，希望有一天能得一幅挂在清雅斋的居室里。兰君懂素颜的心思。现实面前，他却有了越来越多的疲惫与无奈。到那所城市演出，他原本想带素颜同去，母亲一句话就把他的热情浇熄：一个妾儿，有什么好带的。不但不能带，连一个短暂的告别也不能够。兰君带着满满的歉意前行，准备回头再给素颜好好解释。

素颜却不再给他机会。

演出归来，兰君急急奔赴杏花深处他们的小院，却已是人去楼空，一把冰冷的锁，从此隔开他们的世界。

素颜新搬的家，在临城郊外一处很偏远的地方，兰君去过。低矮破旧的房子，鱼龙混杂的大杂院儿，一身素衣淡服的素颜，昂首从长长的巷陌间穿行而过。她把头发又剪短了，将以前一头乌黑的齐耳短发剪成了短短的小平头。那样的发型，让素颜少了一分女儿的妩媚，却平添一股少年英气。

她还是那么美，美得让兰君心动。素颜眼里湖水一样的忧伤，却在瞬间击中兰君。

一个女人，一个曾经刚烈万般视戏如命的女人，遇上他，为他放弃自己钟爱的舞台，为他独守寂寞庭院整整三载……这一切，兰君都搁在心里。他承认自己的自私，总以为自己会有很多机会偿还。机会却在他还没来得及珍惜的时候就已悄然远去。

心中鹊桥已断，对面也难再相逢。兰君却还无法不关注着素颜的消息。

素颜又重返舞台了。兰君换了布衣长衫，戴一副大大的墨镜，坐在素颜唱戏的戏园子里，最后一排，最黑暗的角落，用心倾听。

素颜又重新拜师，精益求精。兰君私下里找到教兰君学戏的老师，请求老师倾心相授。

素颜放出话来,余生只愿做两件事:唱戏要比兰君唱得好,嫁人要嫁个比兰君更风光的人。兰君听后,脸上无言的笑里便有了一份无言的惆怅。

素颜果真嫁了,嫁给临城最有权势的黑老大。

兰君把一直珍藏在手上的那幅石涛的《兰花图》轻轻撕了……

从此不再有交集。

一个城市住着,各唱各的戏,各过各的日子。都没有戏码的时候,也会到戏园子里去看看别人的戏。有几次,竟然遇上了,兰君的身边是他的太太,素颜的胳膊挽着她的黑老大。连一个轻轻的对视也没有,淡淡一笑,陌路一样就从彼此的身边飘然而过。

兰君六十六岁那年,先素颜而去。带着未竟的一个心愿——他一直想当面对素颜说一句:对不起。素颜却是抵死也没给他那样一个机会。听人说起兰君已仙去的消息时,素颜也只是淡淡地在喉间挤出一个字:哦……

素颜也早已经退出舞台了,每天只陪在很老的黑老大面前,陪他说话,给他唱戏。

后来,黑老大也去了。这个世界上便只有一个素颜。

素颜已成真正的素颜人,头发银白,黑衣白裤布底鞋,不再唱戏,每天只躲在自己的书斋里画画。画兰。浓墨写叶寥寥数笔,雄健沉稳,淡墨点花,点滴如泪。

素颜的屋子里,铺天盖地都是兰。案前的几上,是黑老大静默的黑白相框。

被风吹走的夏天

夜 戏

○梅 雪

地里的麦子收了,玉米大豆也种下去了。地里小苗已盖严地面,草已经锄过两遍。那样的时刻,就像一场比赛上下半场中间的休息时段,总是有那些啦啦队的宝贝儿们来场上舞唱一番,给台下的观众和场上的运动员们放松一下紧绷的神经,好轻轻松松投入下一个时段的比赛。

两辆木排车,一辆车上装着几只粗朴的红木箱子,红木箱子里装着锣鼓家什也装着五彩的戏服,一辆车上坐着男男女女老老少少七八个人。车子慢慢悠悠又热热闹闹地走在收割后的乡间公路上。

是戏班子来了。

戏台子早已经搭起来了,就搭在村子中央那块最大的空闲地上。那里相当于现在城市里的多功能娱乐场。放电影的来了,搭两根线杆儿挂上幕布,那里就是电影院。说书的来了,给说书的摆张桌子摆张椅子,那里就是说书人的茶馆。唱戏的来了,那里自然就成了戏院。

几米见方的地方,几拖拉机黄土倒下去,铺平,夯实,四角栽几根柱子,柱子上方扯起一大块棚布,简简单单又结结实实的一个戏台子就搭起来了。随便那些唱戏的文家子武家子怎么在上面唱念做打,随便是刮风还是下雨天,都挡不住唱戏人看戏人的热情了。

那些乡村大戏,一般都是安排到晚上。白天里人们多忙着。再说,晚上,白亮亮的汽灯往柱上一挂,锣鼓家伙敲起来,盛装的男女演员随锣鼓声往台上一亮相,蚊子飞蛾都抵挡不住那份诱惑,围着戏台子开心得不得了。那样的效果,是白天的日光下所追求不到的。

我爱看戏。爱看夜戏。大人们听到戏班子来了,会说,早早收拾下,去听戏。小孩子不说听戏。那些咿咿呀呀的戏词儿,在孩子们的耳朵里无异于天书,听不懂半句。但喜欢看。你看那个穆桂英,背后插着两根长长的翎子,左一摇,右一晃,威风极了。红娘迈着小碎步从后台飘出来,那身衣服好看得紧,大红绸缎,上面绣着好看的牡丹花,红花儿,绿叶儿。她的身子像是没有重量,在水上飘过来飘过去,那身好看的戏衣也跟着飘过来飘过去,把挤在台前的我们眼睛都看酸了,还是不舍得眨一眨。身着一身青黑的老太太,头发花白,挂着一根龙头拐杖,在那里唱啊唱,唱个没完。那些胸前挂着黑白胡子的老男人,更不在我们的关注范围之内。那些人出场的时候,我们会趁机放松一下,悄悄跑到后台,看那些人上妆换装。

杨家将的戏,是村上男女老少都喜欢的。大破天门阵的穆桂英是人们最喜欢的。穆桂英手拿红缨枪,背后插着五彩小旗,踩着锣鼓点儿一挑帘就从帘后出场,一个亮相,台下就疯了。唱,听不懂,但觉得好听,听得人浑身的毛孔都要张开了。看,看不真清,但觉好看,一根红缨枪像长在她的手上,在她手上上下翻飞,翻到高兴处,只见她纤纤玉手往空中一抛,红缨枪就像一道红色流星飞向高空。台下一片惊呼,小孩儿的心更是悬起来。台上的人却是不慌不忙,转身,卧倒,眼睛看向台下,落下来的长枪已被她从背后反手稳稳接住。

那个穆桂英就是我们小孩子眼里的女孙悟空。在我们看来,她的本领不比西天取经的孙悟空差。可她卸了装,我们才发现,她竟然是一个比我们大不了几岁的孩子,也就十一二岁的光景。脸上的油彩洗去，露出的是一张疲惫又稚气未脱的脸。看到我们挤在一边看她，她不断地向我们挤眉弄眼儿。

小孩子原来也是可以演戏的。这个发现让我们觉得兴奋又浑身充满了力量。

不去看戏的白天，随便找个地方就当自己的舞台了。床单子扯下来，披身上当戏衣，一根光溜溜的白柳条，头上绑了一块红绢布，就是穆桂英的红缨枪。红缨枪在手上转过来，转过去，掉地上了，再拾起来，再掉……从来没想过长大了要做什么的小孩儿，心里有了一个很清晰的理想，长大了，当穆桂英，大破天门阵。

也越发喜欢那个戏里的穆桂英了。与演穆桂英的小莲成为好朋友，似乎也是顺理成章的事。可小莲似乎并没有我们想象中那般喜欢她演的角色，跟我们在一起的时候，我们总希望她给我们说说戏里的事，她却一个劲儿缠着我们给她讲那些家长里短鸡毛蒜皮。

看小莲练功，是很偶然的一个机会。白天闲来无事，跑到戏班子住的村委大院里去找小莲玩，小莲的师傅正在帮小莲压腿。我眼睁睁看着那位面无表情的大师傅一下子把小莲的腿劈开压下去，有"啪啪"的声音清晰地传来。我的心一下子抽紧，吓得闭了眼睛，再睁开时，就看到小莲眼里汪出来的泪意。

没敢再打扰小莲，悄悄回家了。回家我就把柳条红缨枪收起来了。从此后再不念叨着当穆桂英。来年麦收季节，小莲再来村上时，我已经背起书包上学了。

最后的辉煌

○聂鑫森

京剧中的生、旦、净、丑几大行当，净屈居第三，俗称花脸。花脸中又分出几条支脉：重唱的"铜锤"，重做的"架子"，重武打的"武花"，能翻能摔的"摔打"。圈内人传言：千生万旦一净难。什么意思呢？造就一个名净，就和造就一千个名老生、一万个名旦角，具有同等的难度。一个名净能专于一途卓然而立的已属不易，还能兼及他途的，更是凤毛麟角。

窦戈就是这样一个大牌名净。

窦戈，字干城，今年七十有八。从十岁粉墨登台，轰轰烈烈一直唱到六十五岁时，便潇洒地急流勇退，隐归于古城小巷中的一个花树葳郁的小院里，安享晚年。他幼功扎实，又有长年累月的艺术实践，再唱个十年八年是没有问题的。但他明白，自己已有了冠心病的先兆（他没有告诉剧团的任何人），演到戏中酣畅处便有吃力的感觉，只是旁人看不出来。何况，剧团里唱净角的年轻演员（当然也包括他的儿子）都能挑大梁了，他得挪出位置来，见好就收吧。

窦戈一生中演过许多不同的剧目，饰过许多个角色，《珠帘寨》中的李克用，《阳平关》中的曹操，《坐寨》《盗马》中的窦尔敦，《二进宫》中的徐延昭，《刺王僚》中的姬僚……他能唱、能念、能打、能翻，"铜锤""架子""武花""摔打"四大门一人均工,哪回上台不是掌声四起?他却早早地退出了舞台,但心还在"戏"中,晨起练功、喊嗓,白天则是栽花、种草、练字、读书,写一点给自己看的"舞台拾旧"之类的心得体会。但真正退下来后,病情也就明显起来,这真是怪事。在老伴的督促下,他定期到医院做检查,按时吃药,十多年来也就没有出过什么险情。

秋风飒飒地刮起来了。小院里忽然来了本省一家电影制片厂的名导演荆棘。这个五十岁出头的荆棘竟是儿子的朋友,一见面就恭恭敬敬呈上儿子写的一封短笺。

"小戈没来?"

"窦老板,他正排新戏呢。您不是只让他一星期来一次,免得耽误工作吗?"

窦戈笑了。

他们在一丛芙蓉花下坐下来,窦师母给他们沏上君山毛尖茶,便悄悄地在旁边坐下。

荆棘是个京剧票友,从小爱看窦戈的戏。他说窦老板"架子花脸铜锤"唱的风格真是绝妙,他说窦老板的工架矫健大方,特别是饰《坐寨》《盗马》中的窦尔敦,至今无人能及!

窦戈哈哈大笑,想不到眼前人竟是知音。

趁着窦戈高兴,荆棘说出了来意:"老爷子,你的好玩意儿不能让世人只有个念想,得拍成电影,把这笔财富活生生留下来。我想拍您的舞台剧《坐寨》《盗马》,您看行不行?"

窦师母说:"荆导演,我家老窦身子骨不如从前了,天天吃药哩。"

荆棘说:"这我知道。拍电影不像登台演出,是一口气演完,在拍摄厅可以慢慢拍,累了、歇着;歇好了,再拍,没有时间限制。窦小戈也会被请到现场,有吃紧的地方,他可以当一下替身。很多戏迷想重

看老爷子的戏,想知道老爷子身上的好玩意儿还在不在!"

窦戈双眼突然光芒灼灼,说:"为了戏迷,我应了,还用不着小戈当替身!其他演员呢?乐队呢?"

"这您放心。都是您原先剧团的班底,我和他们早谈妥了,特聘小戈管场务,好随时照料您。"

拍电影的事就这么敲定了。

拍摄厅毕竟不是舞台,一切都得按导演的分镜头剧本办。先是"响排"(分场排练)、"连排"(整场连着排练)、"彩排"(化装着装排练),尔后才是正式开拍。

年届半百的小戈,一会儿前台后台地吆喝,一会儿跑到父亲面前嘘寒问暖,忙得满头大汗。窦师母提着一个手提包,里面放着各种应急药品,提心吊胆地坐在一个角落里。

终于正式开拍了。化过装、穿上戏服的窦戈,全身上下英气飞扬,哪里看得出是个年近八十的老者。荆棘特别欣赏窦戈的脸谱:蓝花三块瓦,呈蝴蝶图案状;眉间白纹上勾出双钩形象的象征性皱纹,并在红色眉子上勾画黄色犄角;鼻窝勾成翻鼻孔的式样,刚正而勇猛。装束也漂亮,头上打蓝扎巾,在扎巾外戴大额子,扎巾上的火焰和额子上的绒球相互辉映;穿两边掖角、带小袖的蓝龙箭衣,系绦子、鸾带;箭衣外罩蓝蟒,腰横玉带;下穿红彩裤,足蹬黑色厚底靴。

四"头目"、四喽兵依次上场后,窦尔敦在"四击头"中左手提蟒,右手抄水袖,两肘撑圆,两目远视,款步出场。真是名角风范,要不是现场高悬"静"牌,不知有多少"好"要吼将出来!

荆棘高喊一声"停"。拍完这一组镜头,遵小戈之嘱,该让老爷子喘口气了。

不是演得正顺吗,干吗停下来?窦戈觉得很别扭。小戈捧着把紫砂壶过来,说:"爹,您啜口茶,歇一歇。"

这部片子拍了差不多两个月才"杀青"。拍几个镜头歇一歇，慢工出细活，老爷子不吃力，窦师母总算是长舒了一口气。

后期制作完成后，在庆功宴上，窦戈向荆棘突然提出了一个要求："你拍的电影，是一个镜头一个镜头'磨'出来的，看不出我的真功夫。我得在台上面对观众，作古正经地演出来，证明我不是浪得虚名，这是戏德。演完了，你的电影怎么发行，都由着你了。"

荆棘看了看窦师母和小戈。

"你别看他们，就这么定了！"

满城顿时沸腾起来，名净窦戈在息影舞台十三年后，重演《坐寨》《盗马》，戏票一下子就抢卖而光。

这是个初冬的夜晚，飘着小雪花。

窦戈铆足劲，把这两折戏演得出神入化，每一个细部都充满经典的意味。掌声、喝彩声此起彼伏，果真是宝刀不老啊。戏结束了，窦戈谢了三次幕，才大汗淋漓地回到后台卸装。

他真的累狠了，大口大口地喘着气。他问站在旁边的妻子、儿子和同人："今晚没让大伙失望吧？辛苦你们了。"然后头向后一仰，搁在椅背上，嘴角突然涌出了猩红的血，微微闭上了双眼……

影片公演时，荆棘加了个片头：《最后的辉煌——谨以此片献给窦戈先生》。

小 姑

○吴卫华

我们那地方的人喜欢听落子。落子是种地方小戏,它的唱腔听上去怪怪的,就像一道特色小菜,虽不受大众的欢迎,却颇迎合我们那地方人的口味。

小姑二十四岁,年龄不大,却已经有了八年唱落子的戏龄。小姑所在的戏班只有二三十号人,却是我们那带唱落子的最大戏班了。小姑人长得漂亮,又擅长描眉画眼,所以扮出的人物极出彩,加上她唱腔的婉转圆润起伏有致,在我们那带就成了有名的人物,几乎和说唱女艺人秦子同样闻名。

看落子的多是些灰头土脸的老头儿老太太,年轻人将一场戏从头看到尾,并且看得津津有味,那是很少的,但不能说没有,李浩就是一例。

李浩是个大学生,在我们乡政府上班。这年头在城里大学生虽然已不是什么值钱物,但在乡下,大学生的牌子还是很耀眼夺目的。其实李浩并不真的喜欢落子,只是喜欢唱落子的小姑。

李浩是个外乡人,在乡政府无论工作还是生活,都让他觉得沉闷和郁郁不得志。小姑所在的戏班不断在我们乡演出,李浩第一次看到小姑时,是在后台,小姑正束了头发着手化装。小姑对着镜子细致地描眉画眼,并且不时扬扬眉毛绷绷嘴角,看是不是画得好看。小姑的这些小动作,让李浩着迷。李浩戴着副眼镜,很文气的样子。等小姑画好眉眼抬头看到一个戴眼镜的年轻人痴看着她时,就觉得戏剧和生活重合了:她遇到了一个书生。

那次,李浩破天荒地将一场戏从头看到尾。此后,李浩就常常看戏了,但只看小姑的戏。

我不知道他们两人间的第一句话是谁先说的,但我知道他们不久就偷偷约会了,比如在乡政府后面的那片杨树林里,他们站在高挺的白杨树下说着情意缠绵的话,也不怕杨树干上满布的眼睛在看他们;又比如在老供销社的废墟里,他们坐在残垣断壁上,窃窃私语,蟋蟀就在他们四周的草丛里鸣唱……无论他们在哪儿,只要我想吃零食了,就能找到他们,无论李浩还是小姑,都会大方地拿出零钱打发我走,条件是不许我胡说。

我是希望李浩做我姑夫的。

后来,李浩的工作调到了县上,据说是靠高中时的一位女同学父亲的帮忙。

小姑去县上找了李浩几次,情绪一次比一次消沉,最后一次竟然哭红了眼:李浩要在国庆节和那个女同学结婚了。

小姑赶什么趟似的匆匆订了亲,婚期也在国庆节。

国庆节那天,小姑把自己关在屋里在脸上精描细画,出来后我们都吓了一跳:这哪是婚妆啊,分明是张戏剧脸谱!

或许在小姑的心里,她觉得生活和戏剧重合了。

声 声 慢

○立 夏

春花和夏风在戏台上是绝配。

夏风是宝玉,春花便是那天上掉下来的林妹妹;春花是崔莺莺,夏风就是玉树临风的张君瑞。才子佳人,珠喉玉貌。夏风的风流倜傥,愈发衬得春花娇柔妩媚,台下的人看着看着,便痴了,想人间怎么有这般的郎才女貌,天下无双。

只可惜,到了台下,两人都是女孩儿。

相仿的年纪,天天在一起配戏,恰好言语又十二分的投机,所以她们好得像一个人,不是一件奇怪的事。

十六七岁的女孩,正是多愁善感的年纪,又离家漂流在外,这份友情就显得尤为珍贵。对于春花和夏风来说,对方既是玩伴又是姐妹,偶尔还承担着母亲的角色,平时的嘘寒问暖,生病时的端汤送药,这份互相依赖的感情,无人可以替代。

班主秦九打趣说:"这俩丫头,天天腻在一块儿,不知以后还嫁不嫁人了?"

是啊,看惯了台上的那些风花雪月,她们还能看得上现实中的那些男人吗?

春天毕竟还是来了。在墨镇,她们遭遇了一个男人。

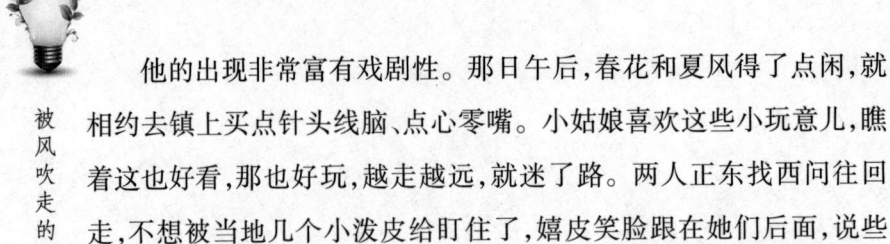

他的出现非常富有戏剧性。那日午后,春花和夏风得了点闲,就相约去镇上买点针头线脑、点心零嘴。小姑娘喜欢这些小玩意儿,瞧着这也好看,那也好玩,越走越远,就迷了路。两人正东找西问往回走,不想被当地几个小泼皮给盯住了,嬉皮笑脸跟在她们后面,说些不三不四的话,吓得两人额头冒汗,跑也跑不快,躲也躲不掉。

那个男人出现得恰是时候,他一声断喝,那几个小泼皮竟然乖乖地落荒而逃。这一场英雄救美的戏,虽然有点落俗套,但足以让春花和夏风心动,更要命的是那个男人丝毫不比夏风在舞台上演的那些公子逊色,一对剑眉,双目有神,鼻直口方,身材俊逸,举止又儒雅有礼。

那人姓李,既然救了她俩,自然充当起护花使者的使命,将她俩送回戏班。他说起戏曲来头头是道,一路谈笑风生,一会儿便到了。夏风双颊羞红,如沐春风,意犹未尽。而春花的一双美瞳更像满嵌着星星的夜空,亮晶晶的。

李先生把俩人送回戏班,恋恋不舍地离开了。从此,春花和夏风就像丢了魂似的,话也少了,心里凭空多了无数丝丝缕缕的牵绊。

在墨镇的那些天,那位李先生天天来看戏,天天坐在第一排,春花和夏风的戏便演得分外精彩。秦九瞧出些端倪,心里不由暗暗着急,这俩人,怎么连喜欢的男人都是同一个,这可如何是好?

四季班终于演完了在墨镇的最后一场戏,要换台口了。春花和夏风帮着把最后一个衣箱搬上小船,两人默默地坐着,只听见哗哗的流水声。她们甚至没有再回头望一眼那个在黄昏中渐渐变得模糊不清的镇子。

许多年后,春花和夏风仍然是好姐妹,只是有一件事,她们谁也未曾提起,像是从没发生过。

春天到了,两家相约去周庄旅游。儿孙们跑得快,早往前面去了,春花和夏风两个老姐妹则携着手慢悠悠地在街巷中闲逛,东拉西扯说着陈年旧事。春日晴好,暖风熏香,有两个少女手拉手对面而来,春花说:"瞧,多像当年的我们。"夏风说:"是啊,这条街也很像墨镇的那条。"

尘封的记忆突然被打开,两人都笑了。

春花说:"当年若不是知道你也喜欢他,我可能就留在墨镇了。也不知道现在的人生会是怎么样?"

夏风说:"是啊。那天坐在小船上,我真有跳上岸的冲动。那时候真是年轻啊。"

远处隐隐传来呼唤声,儿孙们快乐地向她们招着手。悠长的老街,两个老太太手拉手站着,笑容若春风拂面,一如当年……

被风吹走的夏天

戏迷老章

○林红宾

　　老章叫章之涵,从小聪悟强记,过目不忘,尤其爱好京戏,好多唱词能背诵得滚瓜烂熟。他长得不雅,年过三十就秃顶了,显得少年老成,加之前额大而亮,像个老寿星。人们都说他满脑子盛着国粹,把个好端端的头颅累成了不毛之地。他为人随和,大家不愿叫他的名字,而直呼他老章,他也不挑剔,答应得顺顺溜溜的。

　　老章十岁那年,看戏就有了瘾,只要听见锣鼓铿锵丝竹悠扬,心里就痒痒了,不亲临现场观看,心里就难受。那年秋后,百花剧团来演出,曾演了一场红生戏《千里走单骑》。戏演完了,观众顿作鸟兽散,演职员也忙着收场,老章却站在台子边无动于衷。饰关公的演员好奇地问他:"小家伙,散戏了怎么还不回家?"

　　老章认真地说:"我在这里给你看护赤兔马呢。"

　　"关公"一听乐了:"我的马怎么会在这里?"

　　老章说:"我明明看见你将赤兔马拴在这棵树上,后来再没见你解开牵走。"

　　"关公"不由得一怔,赶忙抱拳道歉:"小师傅,'关某'让您受累了,请到后台品茶。"

　　"来不及啦,俺妈还等我回去烧火做饭呢。"老章说罢蹦蹦跳跳地

164

走了。

后来,老章学业有成,参加了工作,有了薪水,看戏愈发着迷,只要稍有名气的剧团来演出,他必定去观看。有一次,港城京剧团过来演《三堂会审》,老章见刘秉义身穿红袍,按常规应穿蓝袍,就觉得别扭。俗话说宁穿破,不穿错。在这众目睽睽的戏台上乱穿戏装是不允许的。当下,老章来到后台,问:"谁是团长?"

团长应声作答:"在下便是,找我何事?"

老章开门见山地问:"刘秉义为何身穿红袍?"

团长闻言暗吃一惊,深知来者不善,慌忙让座,遂解释道:"团里一个女主角大病初愈,为了庆贺,故穿红袍。"

老章说:"常看戏的都知道,蓝袍刘秉义,红袍潘必正,这是约定俗成的。你们这么做,有失规矩。"

团长引经据典地说:"当年慈禧太后做寿时,京城著名演员献演《三堂会审》,刘秉义就身穿红袍。"

老章冷冷一笑:"你团里一个女演员怎能跟西太后相提并论?这岂不是滑天下之大稽!"

团长自知遇上了行家,况且此举欠妥,便满脸赔笑,一个劲地敬烟献茶,并应允从此以后老章来看戏,一律免票。

老章确实会看戏,也能"捡漏"。有一次,有家京剧团下来演连本戏《封神榜》,演到土行孙与邓婵玉洞房花烛夜的戏,夫妻俩互相说俏皮话。邓婵玉说:"你是属猪八戒的——倒打一耙。"

老章听罢苦苦一笑,径直来到后台,朝演职员问:"谁是编剧?"

有人站起:"你找我有事?"

老章问:"《封神榜》这个连本戏背景出自何朝?"

答曰:"出自商朝。"

老章又问:"猪八戒出自何朝?"

答曰:"出自唐朝。"

老章说:"商朝与唐朝隔着那么多年的岁月,二者怎能混到一起呢?"

编剧瞠目结舌,稍一寻思,说:"这词儿并非我编的,纯粹是演员信口开河临场发挥而已。"

老章正色道:"国粹就是国粹,容不得随意篡改。"

编剧自知出了纰漏,朝老章再三赔礼道歉,并保证引以为戒。

有一年初夏,老章到烟台办事,事情办妥后便到剧院看京戏《天门走雪》。当演到一青衣怀抱婴儿在雪地行走时,因为气温较高,那个青衣边唱边表演,不免脸上流汗了。老章喝了一声倒好,顿时剧院鸦雀无声。团长赶忙登台朝观众抱拳说道:"何人如此赏脸?敬请上台指教。"

老章不卑不亢登上戏台,说:"既然数九寒天,怎能汗流满面?"

团长傲慢地说:"气温较高,焉能不出汗?"

老章反驳道:"演员如果入戏,自会不寒而栗。"

团长不无揶揄地说:"如此说来先生是内行,不妨当场现身说法。"

是的,这倒好可不是随便喝的,光说不能做,那可是故意找碴儿砸场子,是要承担责任的。

这阵子,观众也异口同声地怂恿老章上台比画一番。

好个老章,略一化装,头扎青巾,怀抱"婴儿",很快入戏,恍若朔风呼啸,大雪纷飞,脚踩积雪,饥寒难耐,浑身瑟瑟发抖,直磕牙帮,身上真的起了一层鸡皮疙瘩。

演职员们惊呆了。

观众们喝了个满堂彩。

那个青衣正要叩拜师傅,老章赶忙阻止,说:"我并不会演戏,但

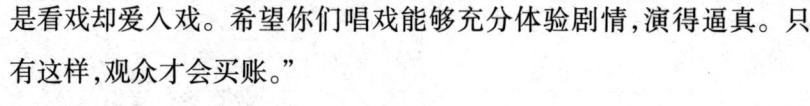

是看戏却爱入戏。希望你们唱戏能够充分体验剧情，演得逼真。只有这样，观众才会买账。"

打那时起，戏迷老章名声大噪。

被风吹走的夏天

永远的梅香

○杨小凡

在药都这个小城里,人们几乎都见到过老于,但又没有一个人对他产生过兴趣。

其实,老于还是挺有名气的,只不过那是在四十多年前了。那时他从龙湾来到药都梆剧团里拉头把胡,那二胡拉得学鸟像鸟,学人像人。有一次,团里演出《秦雪梅吊孝》,正遇着饰秦雪梅的主角唱着唱着突然间哑了嗓子,老于急中生智竟用手中的二胡替秦雪梅唱了半场。也就是从这次开始,饰秦雪梅的头牌演员梅香,才真正注意到老于和他手中的那把旧二胡。那时,梅香心气儿高,虽然是从省团犯了错误下放来的,但她因着有一副金嗓子和身手传情的演艺,以及那年轻标致的模样,自然不会把县城剧团的什么人放在眼里。这一次,她却稍稍改变了自己的一些态度,一是老于救了她的场,二是老于竟有如此的技艺!当然,那时老于还是小于,也才二十一岁,比她还小了一岁呢,这是梅香心里不得不动的一个重要原因!

过去,梅香除演出外是极少跟团里的人说话的,她孤傲得像开在岩石缝里的一朵花,让人只能远望而不能近观。现在,她有了些变化,那就是人们时不时能看到她与小于在一起,说说笑笑的。没几天,关于她和小于的绯闻就传遍了药都城。小于也一下子成了药都

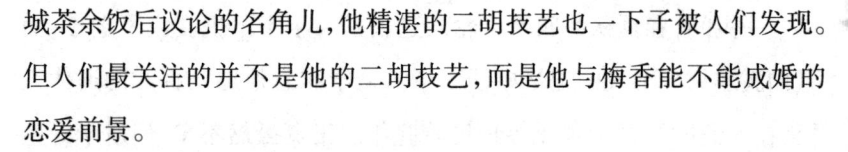

城茶余饭后议论的名角儿，他精湛的二胡技艺也一下子被人们发现。但人们最关注的并不是他的二胡技艺，而是他与梅香能不能成婚的恋爱前景。

而事实并不像人们议论的那样，他们俩并没有恋爱。这样说似乎也不完全符合事实，小于是开始爱上梅香了，只是梅香并没有一点爱的意思，她对小于的感情只是那种愿意多说几句话而已。这种结局，自然让人们后来大吃一惊。一年后，梅香又被调回省团。小于接连到省城找到她几次，结果肯定糟得很，这从小于当时那欲死不能的表情可以看出。接下来，药都人都开始骂梅香绝情，当然也有人讥笑小于是癞蛤蟆想吃天鹅肉的。现在看来，这应该是正常的，花花世界，什么样的人没有啊，何况还有那些梅香的铁杆星迷，他们怎么会同意自己心目中的偶像嫁人呢。

然而，这一次变故对小于的打击却是致命的。小于这个当时的胖小伙子，一个月内瘦脱了几层壳，而且再也没有胖过，他在人世间的形象，从此就永远是一副挂了衣服的衣架模样。后来最让人伤心的是，从那以后再没有人听到他那把能哭能笑能唱能吟的二胡声了。准确地说，小于从梅香走后，就再也不拉二胡了，他的职业成了团的杂务，人们总是见单薄的他一声不响地在搬来扛去。据说团里曾要他重操二胡的，可他一握住胡弦手就颤得像筛糠一样。

可以说，从此小于就渐渐地从人们的视野里消失了。但他仍然在活着，而且他还活得相当坚韧，因为他找到了一个让自己生命走下去的通道，这个通道就是一管羊毫笔。其实，在这之前小于对毛笔是毫无兴趣的，但他自己也不知道怎么会突然就离不开这种软软的羊毫笔了。他开始无休无止地写起了毛笔字，秦刻汉碑魏帖晋书，真草隶篆颜柳欧赵……各种法帖字体流派，他都不停地临写，但令人难以置信的是他只写两个字：梅香！

一晃间,春夏秋冬四十个轮回过去了。小于不仅变成了老于,而且彻底地从药都人的记忆中淡去了。老于靠着他那几百元的退休工资,在人们的漠视中孤零零地度着晚年。工资虽然不多,但对于一生未娶的老于来说,仍还是够他买墨和纸的。这样,他仍然一个人在家里不停地写着那已经写了四十多年的两个字……

去年腊月,一个梅花飘香的雪天上午,老于像平日一样铺纸蘸墨挥毫疾书之时,他的门很有节奏地响了。这对老于来说可是极少有的事,有谁这时来叩自己门呢?静了一会儿,叩门声仍在继续,他放下手中的羊毫笔,拉开了门,站在他门前的竟是一群人!前面的年轻人很是恭敬地说:"这是从美国来的华侨杜女士,她是慕您老的大名而来的呀!"老于的脑子一时竟有些眩晕的感觉,他弄不清眼前这个一身富贵的四十多岁女人怎么会来找自己呢。

进了房间,那个年轻人对老于说:"于老,您可记得前年有一位外国人从你这里买走了一幅字?杜女士就是来求您的字的!"啊!老于忽然想起来了,前年他还住在那条老胡同里,那天他正敞着门在写字,有一个人从门前走过,那人站着看了好一会儿,就用生硬的中国话说要买他一幅字。当时,老于正要动迁房子,是需要钱的,就从案子底下找出一幅递过去,那幅字共有九十九个"梅"字和九十九个"香"字,每一个字各有不同。那人连声说"OK",竟给了老于一万块钱。现在,老于竟把这事给忘了。

这时,眼前这位杜女士用有些生硬的中国话激动地说:"请于先生给我也写一幅吧!"说话间,身边的几个人,竟手忙脚乱地把宣纸给老于铺好了。老于定定地瞅着杜女士,足足有五分钟,转身拎起那管羊毫笔,蘸墨、润锋、凝神而书,雪白的宣纸上,一枝由字组合的墨梅渐渐凸现了……眼前的一群人啧啧称赞不绝。正在这时,老于突然收笔,接着,身子一顿,竟倒入站在他右边的杜女士的怀里。

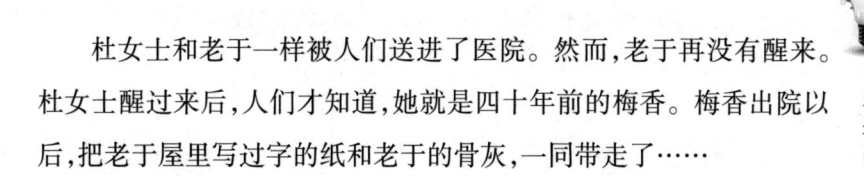

杜女士和老于一样被人们送进了医院。然而,老于再没有醒来。杜女士醒过来后,人们才知道,她就是四十年前的梅香。梅香出院以后,把老于屋里写过字的纸和老于的骨灰,一同带走了……

名 伶

○梅 寒

六岁那年，一张"关书"签下，他就成了师傅门下一名年纪最小的弟子。

他与师傅立下字据，八年为期，八年期间，师傅为他提供食宿，但演戏的所有收入归师傅所有。字据上还写着，满师后两年内，所有戏份收入也要悉数孝敬师傅。

师傅是名师，名师的条件当然就有些苛刻，家人还是一一替他答应下来。

学过戏的人都知道学戏的苦，那份苦却超出了他年幼的想象力。在师傅家里，一边学戏一边干活儿一边挨打。学戏从最基本的东西学起，唱念做打，一招一式，稍有一点儿不顺师傅的意，师傅手里的鞭子就落下来。不过，他学戏挨的打倒不如平日干活儿挨打多。劈柴生火，挑水做饭，给师傅端茶倒水，侍候师傅更衣，这些琐碎的事务占去了他大半时间。师傅面前，他低眉顺眼，战战兢兢，还是免不了常常让师傅不满意。他出师以前，腿被师傅打得新伤叠旧伤。

师傅待他严苛，却还是极欣赏他的艺术天分，师傅看好他是梨园之内一棵好苗子。待他年龄稍长，师傅为他量身定做适合他的唱腔角色：这孩子性格比较抑郁，面常无欢容，不宜演花旦，可主攻青衣。

从此他便主攻青衣。

眉清目秀的翩翩少年,穿了戏装,扮演的都是端庄正派的女性,或贤妻良母或贞节烈女,舞台上一站,便有遮不住的光华四散开来。当时有一大名士,初次看他登台就被台上的他倾倒,大笔一挥,为他作了六首绝句,其中一首这样写:除却梅郎无此才,城东车马为君来。笑余计日忙何事,看罢秋花又看梅。

名士把他与舞台上风华绝代的梅兰芳相提并论,可知他当时的魅力所在。

却在那样的节骨眼儿上,他的嗓子出了问题,行话叫提前"倒仓"。提前"倒仓"搁一般戏子身上,就代表着在梨园行业的生命终结。他没有,他运气极好。几经周折,从前任师傅那里提前结业出师,再拜一师傅,此位师傅只听了他几段唱,就发现了他的与众不同:此生禀赋与众不同,不能以常情教之。师傅发现他清晨的嗓音不错,到了晚上八点以后反倒唱不出来;师傅还发现他平时的嗓音窄而涩,喝了酒以后反而宽且亮。师傅便根据自己的这一发现为他做了特殊的安排:早晨只喊嗓不准唱,一直到晚上十点以后再开始吊嗓子练唱。师傅如此要求有师傅的理由:角儿一般都是晚上十点钟以后出场,晚上唱不出如何做角儿?师傅还一改平日不准弟子沾酒的规定,他就成了师傅门下唯一一个可以喝酒的弟子。

师傅因材施教,徒弟刻苦演练,他很快就成了名噪一时的角儿。

一出《玉堂春》,各路名家名派都曾唱过,到他那里,演得却是耐人寻味。因自己身形高大,他一改往日的着装形象红色的罪衣罪裙。他的嗓子又显得格外柔和,行腔乍疾乍徐,一股细音,高处如天外行云,飘飘洒洒,低唱则如花下鸣泉,幽幽咽咽,再加上别具一格的着装,一高大倜傥的儒雅书生瞬间就成了满面憔悴满腹哀怨的青楼女子。戏曲舞台上,他算得是一身形高大的旦,但一出戏演下来,那唱腔那身段早已让台下的观众疯狂如痴。

那一段岁月,是他生命中最华丽的时光吧。一场接一场的演出,从北到南,场场爆满。他因家境贫寒而入梨园,十几年后梨园给了他最丰厚的回报。他因戏而贵,因戏而富。演出最盛的时候,他的手下人一次就给他存入几十根金条。

他一演,就是几十年。

年纪渐老,他便很少再上舞台,而是把更多的精力放在了扶掖后人上。改编戏曲,创办学校,每一项,他都勤勤恳恳去做,每一项,都取得了不菲的成绩。

他已是名伶,是梨园舞台上的大师。关于他的戏剧人生,也被搬上舞台,一演再演。戏中舞台上的他,爱戏爱得痴迷,演戏演得忘我。台下看戏的观众,一次又一次被舞台上的人感动得热泪盈眶。他们说,这才是名副其实的名伶啊。

那时,他在哪?他正倚在医院的病床上,手上捧着有关他的大篇报道的报纸。

一个男子汉大丈夫在台上装模作样、扭扭捏捏演了一辈子小妇人。谁又愿意呢?实在演累了,该轻轻松松了……

一代名伶,离世前的心里话竟然是这些。谁信呢?

却是真的。

他离世前最大的遗憾,是不能穿上戏服再演一回《玉堂春》。

也是真的。

戏 子

○梅 寒

那年,父亲牵着青梅的手找他学戏。

那时的乡下女娃,因为家里穷,被送到戏班子混口饭吃的不在少数。她却没有像那些女孩子一样愁眉苦脸地去。她喜欢戏,早在去那里之前,就不止一次在戏台子上看过他的表演。

她点名要求跟他学戏。那个戏台上飘着黑胡子白胡子的叔叔,从此就成了她的师傅。

第一次坐在枣红色的太师椅上认真打量她时,他的眼眸里就不由轻轻闪过一丝惊喜。这个女娃娃,面若新月,目如点漆,眉角轻扬,紧抿的嘴角,透出一股淡淡的英气。天生就是唱戏的料。

师傅看得没错,青梅是天生的戏子。师傅在前面唱念做打,一招一式认真地教,青梅和她的师姐师妹们在后面,一招一式认真地学。满屋十几个葱白水嫩的女孩子,数青梅学得最快。

师傅却并不因此而对青梅的要求降低半点。弯腰、压腿、走步,青梅动作做不标准,师傅"咔"一下就帮她推到位。一声脆响,一阵钻心之痛,青梅倒吸一口凉气,眼里便有了泪光。

吃不得苦,就不要到这里来!师傅连看都不看她,语气冷得像腊月天窗玻璃上的冰碴子。

青梅忍住泪,一遍又一遍苦练。

几年后,她已是戏班里小有名气的角儿。她甚至可以与师傅同台对阵。

其实,师傅的冷,是在排练场上。走下排练场,师傅就是那帮女孩子和蔼又可亲的父亲。他给女孩子们烧大锅的热水,让女孩子们疲乏不堪的脚在温热的水波里重新恢复青春的活力。他给女孩子们煮面汤,每次开始吊嗓子之前,他让每个弟子都先喝上热热的一小碗。那是师傅自己独创的护嗓良方。他甚至会在女孩子们想娘想家的时候,给她们送上几个温暖风趣的小段子。

在青梅的眼里,师傅慢慢就成了世上少有的好男子。尽管他已经不再年轻,他的年纪可能比青梅的父亲还要老。

青梅与师傅第一次隆重同台演出,是她十六岁那一年。当地一家乡绅唱堂会,点名要师傅的《长生殿》。师傅毫无悬念地出演唐明皇,需要一名弟子来演贵妃杨玉环。师傅目光炯炯,环顾一周,最后落在了青梅的脸上。

青梅的心,在那一刹那泛起喜悦的涟漪,脸上却没来由地飞起两朵淡淡的粉桃花。

"长生殿前七月七,夜半无人私语时……"着了戏袍化了装的师傅,在铿锵锣鼓咿呀的京胡声里踱步向青梅而来。台上的青梅有刹那恍惚。她忘记了自己是人间的青梅,心念动,眼波转,朱唇轻启,台下黑压压的观众看不见,天地间只剩下她的三郎,她的帝王:"……在天愿为比翼鸟,在地愿为连理枝……"

一曲唱罢,台下掌声如潮,叫好声连成一片。青梅与师傅,不,是贵妃与她的三郎,相视会心一笑,四目在空中轻轻碰撞,就碰撞出"刺啦啦"的爱情火花。

那样的爱情,注定只能在戏里。现实没有那份爱情生存的土壤。

最先站出来反对的是青梅的父母。父亲说,一日为师,终身为父。徒弟跟了师傅,伤风败俗。母亲反对的理由不像父亲那样堂而皇之,态度却远比父亲更加决绝。她眼看着自己种下的树已结出诱人的果,她想借那颗诱人的果来吸引高官显贵,岂能容得了那个又老又穷的戏子来摘她掌心这颗明珠!

面对青梅家族来势汹汹的反对,师傅眼眸里的火光慢慢黯淡下去。他本犹豫,只是情难禁。青梅家人的反对,给了他痛苦,也给了他反击自己的勇气:青梅,你走吧。

师傅狠心地扭了头。青梅眼中满是委屈的泪。

青梅果真走了。是在一个月黑风高的夜晚,被家族里的男人们强行给押回去的。

半月之后,青梅重新回到了师傅身边。

半个月,长如半个世纪。半个月里,青梅像一枝失水的玫瑰,迅速枯萎下去。为了那份不合时宜的爱情,青梅绝食,负气吞金。被救过来的青梅依然日日夜夜念叨她的三郎,终是把父亲念叨得烦了,将她的行装用小包裹一裹,扔到她的脚下:去找你的三郎吧,从此是死是活,别再回来见你爹娘。

青梅哭了。那一回,她的泪水是为爹娘而落的。

青梅最终与她的三郎走到了一起。

戏子无义。知晓那段爱情的人常会把各种复杂的眼神落到他们身上。

穿上戏服,他们演戏,唱戏,以戏糊口,以戏来滋养他们漫长的人生;脱下戏服,他们买菜,做饭,生儿育女,与红尘俗世里的夫妻没什么区别。他们在世人的眼里做了一辈子戏子,也做了一世的夫妻。

入得戏,也出得戏。他们是真正的戏子。

戏子武生

○ 郭震海

武生名字就叫武生。

武生原本中原人士，七岁时跟着师傅卖艺到保安府后，一日街头耍大刀，被当地一家戏班子看上，班主不惜重金收买师徒二人，因为戏班子内缺武生。原本跟着师傅街头耍大刀的武生，到戏班子后，渐渐迷上戏里的武生，武生开始主攻武生。九岁时，武生就能登台唱主角，别看他人小，但表演直出直入，强烈明快，动作干净利索，常常赢得满堂喝彩。二十岁时名扬整个保安府，成为戏班子内不可缺少的"台柱"。不想如日中天的戏班子一夜刚刚演完《火烧连营》，后半夜就火烧后台。有起夜习惯的武生幸运逃脱。

借着良好的人缘，后来武生自己开了一家戏班子。在老票友捧场下，他的戏班子由小到大，不过几年，就名贯保安。在他的茶楼里，场场爆满，来者都是各界名流，甚至当地知府也到他的茶楼品茶看戏。

一日，知府正在台下看得入神，茶杯刚放到嘴边，就见家人慌张来报："老爷，大事不好！"接着家人在他耳边低语几句后，知府瞬间脸色煞白，匆忙离去。就在知府座位的不远处，站着一位大汉，此人剑眉星目，气宇轩昂。他见知府慌张离去后，甩手扔下一锭银子作为对戏班子的赏金，也随即转身离去。台下的这一切都没有逃过台上武

生的眼睛。武生在心中暗暗为台下发生的一切吃惊。

此后数日,知府再没有出现在武生的茶楼。倒是那位大汉,夜夜前来,戏中不喝彩,戏后不留言,只是在每次杀戏时,扔下一锭银子,转身走人,动作利索得就如台上的武生。

戏班子挣的本是仁义钱,卖艺给钱天经地义,但给钱也应该有个给的规矩,这位大汉天天一锭银子让武生心慌起来。这天,武生交代手下如果他再放银子,一定要退还,最好能问出个来由,比如姓甚名谁,家居何处,也好日后拜访。杀戏时,来人又放银子,被武生的手下及时拦住,说:"这位爷,我家武班主吩咐过了,银子不收,只想让您留下尊姓大名,家居何处,我家武班主想日后亲自登门拜访。"

来人哈哈大笑一声道:"拜访就不必了,日后自会相见!"说完他扔下银子,转身离去。不出几日,武生起夜时,被几个藏在暗处的蒙面大汉悄悄绑了去。

骑马飞奔,几个蒙面大汉绑着他,一个时辰后来到一处山寨,寨内灯火辉煌,亮如白昼,正中央端坐一人,武生抬头望去,此人正是看戏的大汉。大汉近前亲手为他松了绑,抱拳说声:"武班主得罪了!敝人在此坐山,劫富不劫贫,自幼爱戏,今将您请来只是为了切磋戏艺,您看……"大汉说着伸手指给武生看。武生回头望去,就在他身后的不远处,已经建好一个戏台子,台上灯已点亮,吹拉手都已配齐。

既来之,则安之。接下来武生就在山寨唱了三天戏,返回的时候,大汉给武生的银子,足够他茶楼一个月的收益。

返回后的武生有点心慌,因为他听说当地知府多次攻打山寨无果,山寨头领和当今圣上作对。不安的武生再次登台的那天晚上,久日不见的知府大人突然出现在台下。杀戏后,知府吩咐手下将武生找来。

知府抿了一口茶,手捻胡须说:"最近茶楼的生意不错啊!"

武生笑笑说:"全靠知府大人捧场!"知府听了哈哈笑了一声后,立即收住,厉声喝道:"前不久,本府失窃,你可知晓?"一句话吓得武生出了一身冷汗。

"小人不晓得!"

知府说:"最近听说有人请你去出台,可有此事?"

"没有,没有,小人的戏班子从不出台,知府大人是晓得的。"

知府听了冲着武生射去两道严厉的目光,说:"已经有人给我禀报,你还敢说没有。实话告诉你,那人乃朝廷通缉的重犯,你私自勾结野匪,盗窃本府财物,可有此事?"武生一听,"扑通"一声跪在地上说:"小人真的不知,小人冤枉啊,小人也是被那大汉绑了去唱戏的,盗窃之事和小人一点关系也没有啊!"

知府看到跪在地上的武生,突然又笑了说:"快起来吧武班主,相信你也是个聪明人,听说那野匪也是个爱戏之人,如果你要愿意帮本府做事,就再上山一趟,取了那野匪的性命,本府一定会上报朝廷,重赏于你! 否则后果你应该清楚!"说完他带着随从扬长而去。

一个黄昏,残阳如血。

武生主意拿定后,短刀藏身再次上山。大汉见到武生很是高兴,将他请到了自己的寝室。就在聊戏中,武生突然手握短刀直刺大汉咽喉,没有任何防备的大汉,脖颈处顿时鲜血喷涌,而后无声倒地。逃回后的武生没有回茶楼直接来向知府禀报。

知府看到浑身是血的武生,先是吃了一惊问道:"你确定已经将野匪杀死?"武生说:"小人确定,他身已倒,血已流,气已息!"

知府大笑一声后,突然翻脸说道:"你说你杀了野匪,谁能作证?"接着他吩咐道:"来呀,给我拿下,将这个野民给我打入囚牢!"

接着就听知府大笑道:"哈哈,和本府过招儿,你们还嫩了点,那个茶楼本府早已看上! 哈哈……"

长 坂 坡

○奚同发

"嘎——"的一声刹车,惊得依在她肩头半睡的他一身冷汗,而后被眼前的情形惊呆:司机肩头横着一把尖刀,众劫匪清一色短刀前伸……中巴车整车遭劫!

她自然地反臂护了一下他,轻语:"没事,没事。"他是穿着戏装的盖世英雄,现实生活中却常常不辨东西南北,一只小壁虎曾惊得他彻夜无眠。因对他演戏痴迷,她一次次跟踪演出结束后的他。有一次在老巷,他被几只老鼠所困,是她冲上去解的围。但这并不妨碍他在舞台上英姿飒爽,举手投足间总是豪迈铿锵、气宇轩昂……

当劫匪押着乘客依次下车蹲在指定地点时,能感到他的颤抖。她紧握他的手。众匪围着乘客威逼恐吓,见仍无人自愿交出随身钱包,便去搜身。第一个被搜到钱包的中年男人,被劫匪刀顶额头,自然不敢真的反抗,意思了两下便丢了手。

突然一女孩紧压衣角哭道:"求你了,这是救命钱,动不得哩!"劫匪一乐:"都找个理由,我们不是白忙活了?"而后凶吼:"爽快点!"女孩全身哆嗦却没有屈从之意,与劫匪拼抢。另一匪从身后搂住她,却被她咬得惨声怪叫,骂句"狗啊"对女孩后腰即是一刀。

望着倒在血泊中的女孩,二十多名乘客一通惊叫。立刻,有人主动掏出钱夹。她想着破财消灾吧,刚伸手进衣袋,身边的他忽然站起颤声说:"放我们走,救人要紧!"此刻,他觉得最重要的是救那个受了伤的女孩。

匪首大笑:"你们是用钱换命,还是丢了命钱也保不住?"并用刀指呻吟的女孩说,"瞧这下场!"

他激动地重复:"放我们走,救人要紧!"

一匪怒斥:"活得不耐烦了? 蹲下!"

他抬高声量几乎在喊:"放我们走,救人要紧!"劫匪冲向他恼道:"逞能不是?"一刀把儿便将他砸倒。三个匪徒手脚并用,打得他双臂抱头无还手之力。

她扑上去,想用身体护着他,却被拖出去很远。那一刻,她很心疼,禁不住哭喊:"你为什么就不是真的赵云、项羽、杨六郎啊?"这撕心裂肺的喊声吸引了所有的目光,连打他的劫匪也住了手,愣怔地望着她不知所措……

从第一次看他演《长坂坡》,她便喜欢上单骑救主的常山赵子龙,也喜欢上他。只要他演的戏,她都喜欢,都痴迷,最后夜不能寐,辗转反侧,要千方百计成为他的身边人,为他而生,为他而活,为他而死……如今远远地望着他被打却束手无策,只任泪如雨下……

"哈哈,啊哈哈!"刹那间,他却笑声爆裂,仰面高唱:"曹操传将令,晓谕众三军,只要活子龙,不要死赵云。"同时,众人看到,他再度立于蹲的人群中,左手颤巍巍点指众匪,右手虚握成拳,双目怒视,如电似剑,惊得身侧劫匪接连倒退。只听踱步走出人群的他唱道:"哎呀妙哇! 曹贼有此令,不许暗放冷箭,得趁此机会,杀他个干干净净。"一劫匪叫声"蹲下",早被他擒了手腕,飞起一脚,踢出去很远。

"呔,曹众将听着,哪个有胆量,只管前来。"他念白琅琅,步态轻盈,准确躲过刺来的刀锋,伸脚做绊,顺势掌劈劫匪一个狗啃地,另一

匪的尖刀也被踢飞……

人们惊奇地发现,和着她悲喜交加声中伴唱《长坂坡》,那男人如神话般,似蛟龙出海,移步换形,打得众匪不得近身……待匪首喊声"闪",众匪夺路欲逃,他却厉声断喝:"留下钱财!"

泪水长流中,她扑向雕像般指着逃匪的他:"英雄,我的英雄啊!"

他的后背插着一把短刀,鲜血顺刀柄蜿蜒而下……

事后,人们一再认定他是藏而不露的武林高手,他却总是一句:"我不会武功,我是唱戏的。"

被风吹走的夏天

酒 戏

○田玉莲

爹曾参加过村里的戏班子。所谓戏班子，即是现蒸了热卖，"速成"的那种，忙时务农活，闲时拉出人马乐呵乐呵。在戏班子期间，爹还有一段饮酒的故事——

正月里，戏班子要到乡里演出。演出期间，任何人不得喝酒，这，班主早有规定，然而，这一规定在爹来说就有些不生效，对他有所放宽，允许他喝少许，但切勿过量。

酒虫子爹，演戏不喝酒不行，喝上酒就会来劲，亦会分外上戏，亦神气十足；不喝酒则六神无主，周身不自在，蔫头耷脑的。不过，也有因饮酒过度而演砸了的时候，可这种时候极少。

戏班刚排了大型古装戏《崔秀英》，这是根据《三上轿》改编的，准备在乡里向领导们演出。对此次演出，班主极为重视，那重视程度不亚于放一颗卫星。原先对爹那一丝宽容也收敛了。班主令他滴酒莫沾。这在爹来说，倒不如要了他的命。他尽管在心里嘀咕，面上也显示出老大的不悦，但嘴上并未吭声。

这天，班主亲自监视他。早上陪他吃的饭，中午又差人置办了七碗八碟，让他尽兴吃，可他没胃口，总是闷闷不乐，呵欠连天，像犯了大烟瘾。直到下午，班主也没离他左右。傍黑时，那装还是班主给他

184

化的。化完了装,谢天谢地,班主长嘘了一口气——爹总算滴酒未沾。

《崔秀英》的第三场,有位宰相的儿子叫张秉仁,看上了李桐美貌的妻子。那天,张秉仁在张府上宴请进京赶考的李桐。其间,他在酒中下了毒,把李桐毒死了。

爹扮的就是张秉仁。演出时,是爹亲自摆的道具。一张桌上放置了酒盅、酒壶。

喝酒的时候,剧情本该管家倒酒,可爹却改了,他把手朝管家一挥:"去去去,今日老爷我要喝个一醉方休,酒还是我自己倒吧!"说完,便给自己斟了一盅,又给李桐倒了一盅,而后端起来,按照剧情两人把酒盅一照面,就一同饮下了。爹饮下一盅,仿佛是久旱的禾苗遇了雨露,也像饮了琼浆玉液。但那李桐饮后嘴巴却直吸冷气,眼里不知为何又渗出了一串串的泪水。爹又忙着给每人添了第二盅,便又和李桐饮下了。就这样一连干了五杯。其实,那剧情中只是饮三杯的,可他们却多饮了两杯。台下的观众亦未看出什么破绽,反倒认为剧情就是如此发展的。

五杯之后,李桐被酒呛得直咳嗽。实际上,饮过三杯之后,他并不想再饮,可为了把戏演好,还是被"张秉仁"牵了牛鼻子。

李桐忍了下说:"张兄,小弟不才,不胜酒量,还望海涵!"

"哼,"张秉仁把水袖一拂,"不识抬举。"便一手拿起酒壶,咝咝啦啦在嘴里吸。不多会儿,酒壶便底儿朝了天,便忙又吩咐管家:"今日老爷我高兴,再给打一壶来。"

候在一旁的管家应了声"是",便走也不是,不走也不是,他不知今日爹是怎么了。他怀疑是不是班主给爹改了剧情,如果改了,班主自然会告诉他。他感到很纳闷,便犹犹豫豫茫然地拿上酒壶退了下去。

这时,班主对爹反常的演出慌了手脚,额上的汗冒了稠稠的一层,搓着两手不知如何是好。那扮管家的问班主咋办,班主忙不迭地说:"莫上,莫上,爱咋的咋的,随他去吧!"

台上的爹见管家也未拿酒来,便也忘了此事。幸好台下也未察觉有什么漏洞,戏也演得顺顺溜溜。

这当儿,爹却真正进入了角色,找到了感觉,把这场戏简直演到了炉火纯青的地步,时不时赢得台下一阵阵的喝彩声。在台后的班主见演出效果出奇地好,悬着的那颗心才总算放了下来。待到此场戏收场时,被"毒"死的李桐,烂醉如泥,怎么也爬不起来了,真的被"毒"死了。

那李桐的扮演者是个丫头片子,女扮男装,平日是滴酒不沾的。

实际上,那当道具的酒壶里真的倒入了半斤白酒。当然是爹趁班主不注意时偷偷倒入的。

事后,李桐问爹,酒壶里怎么会是真酒?爹唏唏一笑,道:"什么真酒?哪儿来的真酒?"然后笑着倒背着手,一步三晃头地离去了。

他那嘴里还哼唱着惬意的小曲儿……